Vu d’ici

Catalogage avant publication de Bibliothèque et Archives nationales du Québec et Bibliothèque et Archives Canada

Arsenault, Mathieu, 1976-

Vu d'ici

ISBN 978-2-89031-619-5

I. Titre.

PS8601.R73V8 2008 C843'.6 C2007-942277-2
PS9601.R73V8 2008

Nous remercions le Conseil des Arts du Canada ainsi que la Société de développement des entreprises culturelles du Québec de l'aide apportée à notre programme de publication. Nous reconnaissons également l'aide financière du gouvernement du Canada par l'entremise du Programme d'aide au développement de l'industrie de l'édition (PADIÉ) pour nos activités d'édition.
Gouvernement du Québec – Programme de crédit d'impôt pour l'édition de livres – Gestion SODEC.

Mise en pages : Eva Lavergne
Maquette de la couverture: Raymond Martin
Illustration : photographie Amélie Barrette

Distribution :

Canada
Dimedia
539, boul. Lebeau
Saint-Laurent (Québec)
H4N 1S2
Tél.: (514) 336-3941
Téléc.: (514) 331-3916
general@dimedia.qc.ca

Europe francophone
D.N.M./Distribution du Nouveau Monde
30, rue Gay Lussac
F-75005 Paris
France
Tél.: (01) 43 54 50 24
Téléc.: (01) 43 54 39 15
www.librairieduquebec.fr

Dépôt légal: BAnQ et B.N.C., 1er trimestre 2008
Imprimé au Canada

2200, rue Marie-Anne Est
Montréal (Québec) H2H 1N1
Téléphone: 514-597-1666
Courriel: triptyque@editiontriptyque.com
Site Internet: www.triptyque.qc.ca

Mathieu Arsenault

Vu d'ici

roman

Triptyque

On n'en peut plus et on rêve de s'abolir dans un coma dépolitisé.

Hubert Aquin

Tiens, vu d'ici les dégâts n'ont pas l'air considérables.

C3PO, *La guerre des étoiles*

Le rythme. Mon adresse est sur la porte mon nom est sur la boîte aux lettres mon numéro est dans l'annuaire et mon annulaire est dans mon cul comme le reste de ma main fist fuck cherchait son vrai moi dans son tréfonds parce que la vie est courte le pouvoir nous traverse l'économie nous fait perdre nos moyens et sois donc raisonnable le sucre est sur la table avec le lait la radio la télé le journal et pourrais-tu me passer des accords économiques de pubs télé de scène judiciaire d'accords de paix de conseil de sécurité de toute la science infuse dans ma petite tasse s'il vous plaît avec une petite cuiller pour bien me mêler dans les dates les lieux et les noms parce que ce matin je n'ai pas le goût de refaire le monde comme mes parents dans les années soixante-dix je veux juste le mélanger pour que ça tourne à toute vitesse parce que je ne connais que la mêlée des choses qui ne vont nulle part et tu ne vas nulle part je t'aime mêlée à ne plus savoir comment t'appeler et je me place à tes côtés tu sens le thé vert dans cette galère de ne rien retirer de l'actualité mais d'embrasser quand même les yeux fermés le monde et ses merveilles d'attentats d'invasions d'extorsion de corruption de stupidité d'antivol d'assurance de reer de fonds de retraite de saine gestion d'opinion morale générale de chien de laisse de jappe de jappe je jappe je crie oui je crie des insanités parce qu'on a pris mes phrases complètes pour la publicité mes phrases sensées pour me convaincre que tout va bien et mon identité de nord-américain-le-cœur-à-la-bonne-place pour écraser des peuples entiers par la force ordinaire et le commerce des meilleurs prix et je serais bien le premier à errer dans les rues si on n'avait pas déjà pris la marche à pied pour ramasser des dons pour les pauvres enfants malades qui font donc pitié et la belle charité de personnages d'exemption sur papier comment sauver de l'impôt zéro à la ligne trois cent quatre-vingt-treize zéro à la ligne trois cent quatre-vingt-seize zéro à toutes les lignes déduit à presque rien je suis personne et pourtant oui je persiste je délire et pourtant j'ai raison je hurle et pourtant je souris je tape du pied je suis le rythme.

Nouvelles internationales

Bonjour chez vous. Le canada occupe le 8e rang dans l'économie mondiale et le 6e en termes de qualité de vie selon l'indice de développement humain / son produit intérieur brut (PIB) était estimé en 2005 à 809 milliards de dollars (en dollars constants) / le revenu par habitant s'élevait en moyenne à 31 500 dollars / son économie est dominée par le secteur des services qui emploient les trois quarts de sa population / il est aussi un des premiers producteurs mondiaux de produits agricoles et un des rares pays industrialisés à pouvoir exporter son énergie / 84 % environ de ses exportations sont destinées aux états-unis et 80 % des importations en proviennent et comment au milieu de tous ces mécanismes de production d'échange de profit comment au milieu de toute cette circulation d'argent pouvez-vous espérer qu'on puisse encore croire avoir ses propres idées sa propre volonté sa propre liberté d'agir comme bon nous semble nous ne pourrons pas nous en sortir je ne pourrai pas m'en sortir je suis sur le divan je tourne la tête je vois je regarde par la fenêtre fuck les plantes fuck les vitres fuck la brique et le soleil fuck la lune et le sommeil les stationnements la pluie et zappe zappe zappe-moi tout le visible car je n'arrive qu'à me voir dans la réalité c'est-à-dire dans les flux du pouvoir économique qui nous traversent jour et nuit il n'y a rien que je puisse dire il n'y a rien que je puisse faire autrement que de tourner en rond dans ma jolie maison en costume de mathieu zébré avec un matricule car nous sommes prisonniers de toutes ces données qui nous façonnent comme personne n'ose encore l'imaginer numéro 8 numéro 31 500 numéro 809 milliards bonjour chez vous numéro 6 je ne suis pas un numéro je suis une adresse civique une donnée statistique et un code de conduite qui convient à la géopolitique de mon pays et les problèmes les plus insolubles il conviendrait de les taire alors prescrivez-moi les pilules les plus fortes avant que je me mette à gueuler et tout foutre par terre en plein power center.

*

Dans la moyenne infiniment. J'étais comme tous ces débiles qui travaillent de neuf à cinq qui pensent seulement à mettre leur ordinateur à niveau à la rénovation et aux cadeaux de noël à la piscine en été à la souffleuse en hiver et aux réclames publicitaires le reste du temps je croyais aux bas prix aux promotions aux grandes liquidations je croyais que les bonnes critiques de films s'appliquaient aux bons films et que c'était normal qu'il n'y ait jamais rien de bon à la radio j'étais comme ceux qui s'imaginent qu'en afghanistan les gens meurent mais pas pour vrai qu'on peut être pauvre mais pas au point d'avoir toujours faim je pensais que privatiser la santé allait me guérir plus vite et que faire payer les gens pour ce qui était gratuit avant permettrait de les responsabiliser je pensais logiquement c'est-à-dire pratico-pratique c'est-à-dire que je faisais tournoyer paresseusement dans ma tête des idées qui ne m'appartenaient pas j'étais tout ça et infiniment plus aussi plus commun que le plus commun l'interchangeable amer et poli qu'on ne salue même plus tellement le prochain attend déjà au coin qui répétera le même j'étais genre full infiniment dans la moyenne et je suis encore infiniment pareil au même parce que d'affirmer que ça ne peut plus continuer est la banalité même comme affirmer que nous n'allons nulle part sauf magasiner au centre commercial quand il fait chaud l'été pour nous asseoir sur un banc jusqu'à quatre-vingts ans en répétant amer que la politique c'est de la marde que tout le monde fourre tout le monde et que ce qui compte c'est d'être heureux dans son coin de cultiver ses plates-bandes ça crie ça gueule ça geint dans les lignes ouvertes et je suis devant la télé le midi à les écouter trop fatigué pour changer de chaîne trop fatigué pour me lever les clichés me forent les niaiseries me creusent la foi m'use et je cherche quelqu'un pour me supporter je me cherche une manif une sortie de groupe un paquet d'amis quelqu'un qui pourrait me tirer hors de ce trou souriant où les familles se saluent quand elles se croisent dans le stationnement de l'épicerie je voudrais être déjà sorti de ce bourbier du bonheur à tout prix je cherche à me traîner jusqu'à ma liberté.

*

Moments de qualité. Je me souviens de ma vie en banlieue je me souviens d'avoir tourné en rond des heures de temps je me souviens d'avoir écouté la télé jusqu'à ne plus être capable de tenir debout simplement pour le plaisir de zapper ne mesurant plus la qualité de chaque émission pour sa valeur en soi mais par rapport à toutes les autres présentées au même moment je me souviens de m'être senti glisser sur cette pente indiscernable de la mauvaise télé jusqu'à comparer des infopubs entre elles et choisir la meilleure jusqu'à la prochaine demi-heure je me souviens d'avoir suivi des séries télé insignifiantes seulement pour les avoir côtoyées un peu trop longtemps je me souviens d'avoir donné tout mon amour à la fille de full house qui a fini par marier jaromir jagr et d'avoir trouvé toute confortable l'idée de passer ma vie avec une fille ni belle ni intéressante je me souviens d'avoir dormi la lumière allumée après la fin de freddy trois je me souviens que dîner au kraft dinner en écoutant the price is right a déjà été pour moi le pivot satisfaisant autour duquel gravitait toute ma journée je me souviens de m'être enfoncé dans les jeux vidéo jusqu'à m'arrêter de vivre jouant 16 heures de suite ne voyant plus le temps passer que celui qui me restait avant de monter mon bonhomme d'un niveau je m'appelle mathieu ça se passait en banlieue comme le déclenchement de la guerre au terrorisme après le 11 septembre où je me souviens de la parfaite normalité du lendemain des premières frappes à l'épicerie où je poussais mon panier où les spéciaux étaient les mêmes où absolument tout avait été sympathique et souriant comme si la guerre n'avait jamais existé et de tous mes souvenirs c'est celui-ci que je comprends le moins parce qu'à partir de ce moment sans qu'il se soit rien passé je me suis mis à errer dans les décombres de la banlieue où vas-tu mon petit garçon mon petit coquin avec tes bonhommes de la guerre des étoiles et ta casquette à l'envers? tu sais bien que je ne peux pas m'en aller dans deux minutes les infopubs vont recommencer.

*

Un corps sculpturel. Je suis né par une belle journée d'été dans une ville ordinaire avec des gens ordinaires c'est-à-dire dangereux pour tous les autres par leur naïveté qui leur fait croire tout ce qu'on leur dit qui baissent les yeux qui votent pour les gagnants en se disant que s'ils gagnent ça doit être parce qu'ils sont les meilleurs et quand ça commence à déraper ils se tiennent tranquilles et j'en veux à la majorité de m'avoir donné ce plaisir du confort farouche et ce corps parfaitement adapté à cette culture de téléspectateur paresseux qui cligne des yeux qui reste assis sur son divan et qui dit qu'est-ce tu veux c'est la vie à propos de tout comme ça ne devrait pas être permis et même si je maltraitais ce corps à le faire éclater ça ferait juste trop plaisir à tout le monde de me voir m'effondrer parce que chaque morceau de muscle chaque tendon chaque gramme de gras de ce corps fatigué grouille de milliers de petits asticots blancs avides de blockbusters de sitcoms de bouffe grasse molle et sucrée j'ai des vers qui me taillent j'ai des vers qui me sculptent j'ai des vers au bout des doigts rampant la gueule ouverte vers tout ce qui vient de sortir et qui coûte cher et plus je pourris de l'intérieur plus on me sourit plus on me tape dans le dos et plus on se soulage en se disant que j'étais finalement normal après tout juste un peu plus lent que les autres et devant la télé je m'étire je me gratte jusqu'au sang je me fouille la peau la tête en bas et les pieds en haut je pense trop je tourne en rond et j'essaie de maintenir ensemble le peu que j'ai réussi à sauver du pourrissement infect de mon corps d'athlète grec.

*

Le monde merveilleux. Quand j'avais sept ans il faisait noir à sept heures je prenais mon bain je m'essuyais et je courais dans le salon assez vite pour ne rien manquer du générique du monde merveilleux de disney le dimanche soir et maintenant j'exige et j'attends et je reste immobile pour ne rien manquer des nouvelles de six heures il fait noir et je prends mon bain de manchettes-catastrophes dans le salon où j'ai trouvé un enfant-roi indifférent qui pense machinalement rien à faire de l'afghanistan rien à faire des ossètes des serbes des birmans des colombiens des rwandais des nigériens et ces choses que je me dis me font peur à moi-même parce qu'elles retirent tout ce que je suis à tout ce que j'ai pour laisser devant la télé un petit garçon sorti du bain sans surveillance face à des scènes horribles de guerre et de famine et je ne comprends plus rien parce que j'ai été irradié par des années de disney à penser que les gentils sont ceux qui gagnent et que les méchants sont laids et perdent à la fin oh mon cher petit nemo y a tout qui me pénètre ici mon poisson est mort mon poisson est frit j'ai des yeux de merlan fatigué autant qu'effrayé ma chère petite sirène frite et panée y a tout qui a séché je n'arrive pas à ressentir de la compassion pour les réfugiés parce que je suis du côté des gagnants et mickey et minnie et pluto et donald et buzz lightyear sont les organes que je cherche à arracher en me déchirant les coutures et en fouillant ma bourrure de toutou mal léché.

*

Les petites roches. Je voyais mon père marcher nu-pieds dans notre stationnement avec les petites roches coupantes ça ne lui faisait jamais mal moi j'essayais vraiment beaucoup de faire comme lui je marchais lentement mais ça se voyait dans ma face que je souffrais en silence et un jour j'ai pêché une truite dans une rivière avec une canne à pêche en plastique et un entrepôt de bpc a brûlé et les indiens ont bloqué un pont et j'ai reçu une guitare à ma fête et j'ai encore vu quelqu'un soutenir à la télé qu'il fallait déréglementer les marchés et les pauvres ils ont juste à travailler comme nous autres et les syndiqués ils ont tout cuit dans le bec et et et il n'y a pas de et qui tienne parce qu'il n'y a absolument pas de point commun entre l'actualité et mes souvenirs d'enfance c'est ça ma catastrophe c'est ça qui m'arrive ici je suis constamment déchiré de l'intérieur et il n'y a rien à penser pour s'en sortir quand on se fait klaxonner un après-midi d'été juste parce qu'on marchait trop lentement nu-pieds dans un stationnement de grande surface juste pour sentir sous ses pieds et la chaleur de l'asphalte et le piquant des petites roches.

*

Les restes du chien. Nous allions souper chez st-hubert on nous donnait des crayons de cire pour dessiner on me disait de ne pas jouer sous la table on me demandait si je voulais un dessert on me disait de dire non on ramenait les restes pour le petit chien c'était tellement la fête de les lui donner je passais mes journées à jouer avec mes lego et mes soirées devant la télé et il y avait eu la guerre partout bien avant que je naisse il y avait les rabais de tous les jours le pillage des ressources naturelles l'esclavage banalisé dans le secteur manufacturier en asie des restructurations d'entreprises des réunions d'actionnaires des rendements pas possibles exigés pour tous les fonds d'investissement et ensuite nous sommes allés sur le bord de la track prendre une crème glacée molle saucée dans le chocolat nous avons vu une vedette de la télé et en revenant à la maison mon chien est mort depuis tellement d'années et mes mains tremblent depuis tellement longtemps que je n'arrive plus à dessiner et je ne sais que faire ni de la guerre ni des crayons de cire que je me suis fait donner.

*

Les mannes. Je n'étais pas méchant j'avais seulement peur du petit sous-bois pas loin de chez nous à cause de tout ce qui grouilllait dans le noir j'errais dans la cour en cherchant un boyau d'arrosage de jardin mouillé pour boire l'eau la plus froide et vedger dans les hautes herbes derrière la station service à cinq minutes en bicycle m'acheter un monsieur freeze en pleine canicule me louer une cassette traîner à l'arcade avec mon billet de deux piastres changé en vingt-cinq cents je pognais mon next pour street fighter deux j'avais treize ans j'écoutais des films de cul à super écran les culottes baissées les soldats canadiens durant la crise d'oka le racisme à la radio dans les lignes ouvertes et toutes ces petites mouches autour du lampadaire qui éclaire le terrain de basket à dix heures du soir un mardi on ne peut pas les attraper la partie qu'on voit donne une idée de toutes celles qui restent dans l'obscurité et j'étais tellement seul dans la vie que je me serais autant vu slam-dunker comme michael jordan que d'embrasser ma première fille et de poser ma langue sur mon premier sein dans la zone de trois points pendant que sonne la fin de la finale du championnat que tout le monde crie et que les petites mouches du monde entier m'enveloppent dans l'obscurité de ce petit sous-bois que je n'ai jamais pu traverser.

*

Les onyx. Ça s'appelait les onyx il y avait une planète en forme de poire qui tournait au début dans le générique il y avait des marionnettes elles voulaient fuir leur planète où elles étaient des esclaves il y avait un monstre qui les fouettait elles se cachaient dans les cavernes et complotaient des plans foireux je me faisais des cabanes en coussins j'étais un petit enfant tranquille qui savait plein de choses tout le monde m'aimait et je jouais tout le temps avec ma sœur le monde entier nous trouvait quioutes à mort et maintenant que nous sommes grands ça ne passe plus et je voudrais faire éclater l'actualité jusqu'à être de nouveau quioute à mort l'irak les attentats dans les gares la suspension des libertés individuelles au canada on nous surveille on nous filme pour la sécurité de tout le monde pour tout ce qu'il y a de quioute dans le fait de s'amuser je voudrais trouver quelqu'un avec qui jouer au camp de vacances des bonshommes lego à l'école de ma petite pouliche à faire éclater les données biométriques de fraisinette je voudrais jouer à faire des phrases complètes je voudrais que l'on soit deux dans notre cabane de certitudes on comploterait des plans pour sortir d'ici même si les onyx n'arrivaient jamais à quitter leur planète c'était comme ça chaque semaine.

*

Le joueur de flûte. On nous promettait des couleurs éclatantes l'aventure à chaque minute et l'amour de nos parents on nous promettait la fin de la pollution et de la faim dans le monde des autos volantes j'avais huit ans et on nous devait la lune en sucre et on se retrouve avec une émission spéciale sur les dépenses militaires les baisses d'impôts pour la grande entreprise et un monsieur en complet qui me nargue et me hait parce que je ne vais pas assez vite que je ne travaille pas assez fort et que je pense trop jusqu'à gruger tous les fils comme n'importe quelle souris sur le pont où le joueur de flûte du conte de grimm s'était jeté avec tous les rats et les enfants du quartier qui gueulent de détresse quand ils sont saouls la chanson thème de sourissimo félix et ciboulette passe-partout bobino pinceau de youhou et caillou gisent au fond du fleuve et balancent lentement les bras au gré du courant en invitant les enfants qui ont le malheur de se pencher trop en avant c'est vert et tranquille c'est un taux de suicide c'est irrésistible ça passe à la télé et je pose mon doigt sur l'écran froid comme la surface du saint-laurent.

*

L'argent du beurre. On nous disait mange toute ton assiette parce qu'il y a des gens qui meurent de faim c'est-tu niaiseux il n'y a pas de rapport entre mon assiette et leur absence d'assiette et maintenant on nous dit qu'on jette trop de déchets et on nous montre des images de gens qui vivent dans des dépotoirs c'est-tu niaiseux il n'y a pas de rapport entre mes déchets et les dépotoirs indonésiens il n'y a pas de rapport entre les mendiants et les bas prix entre la violence et une piscine entre la guerre et une télé c'est niaiseux de penser qu'il y a un rapport et ce ne sont pas les bungalows à perte de vue qui m'embêtent ni les kilomètres de gazon vert ni les haies ni les entrées pavées ni les lifestyle centers ni les stationnements ni les cellulaires ce qui m'embête c'est la niaiserie de penser qu'ici rien n'a de rapport avec rien au point que je suis tellement frustré d'être niaiseux de penser sans résultat le nez collé sur ma petite vie je n'avance pas pour le moment je tourne en rond c'est-tu niaiseux d'être laissé à soi-même dans un monde pareil et d'être incapable un seul instant d'abolir la distance infinie entre mon œil et la télé entre les nouvelles qui sont mauvaises et mon salon qui est tout bien rangé avec des fleurs séchées et ma langue sur le plancher qui cherche les miettes de ce que pourrait être ma vie si j'avais encore au moins une miette d'identité et une assiette à terminer je veux comprendre le monde et je n'ai que des miettes de toasts brûlées quand je voudrais le beurre et la misère du beurre.

*

Sans camp. À sept heures du matin le petit déjeûner sur la table de la cuisine j'écoute les nouvelles je croque je mâche je respire je me gratte je sue je touche le sable je me tais je me hais banalement je me tais je dois sourire serrer des mains et pour gagner de l'argent je dois accepter que ma tête serve à des idées qui n'améliorent rien et que ma bouche serve à chanter et que mes pieds servent à danser sur les pires âneries en cadence avec tous les camarades à la colonie de vacances on me disait de saluer le drapeau de mon camp on me disait de marcher dans la forêt en pleine nuit on me racontait des histoires de maniaque dans les sous-bois sur le bord du lac on me disait quand manger quand me coucher on me disait en souriant de me fermer que ça forme le caractère et je passais vraiment près alors de pleurer en silence dans le dortoir quand les lumières étaient éteintes dans une tente au nigeria ou à la colonie du lac-à-l'eau-claire je n'ai absolument aucune idée de ce que c'est la vie d'un enfant-soldat moi j'ai seulement connu la détresse d'un déraciné de huit ans quand le camp de vacances est devenu un poste avancé et qu'aucun moniteur ne m'a permis d'appeler mes parents et maintenant à trente ans sans parents sans vacances sans sous-bois sans lumière je reste encore prisonnier des horaires militaires.

*

Grandir un peu. De l'ouest à l'est de la rue des «a» à la rue des «z» de vingt-trois heures à sept heures les résidants exigent le silence complet mais dans ce silence je ne peux pas m'arrêter de retourner dans ma pauvre tête fêlée toutes les images qui me passent devant les yeux internet télé ouverte radio le petit caliméro erre dans la nuit ta coquille est cassée ta fenêtre est ouverte jette-toi ligne par ligne phrase par phrase sur le trottoir car ta détresse est complète c'était un reportage de mathieu devant l'incendie de son propre corps à travers lequel tous les crimes du monde ont lieu on tire dans le dos d'un fugitif la police charge contre une manif une bombe explose dans un abribus ah qu'est-ce que je déguste c'est vraiment trop injuste d'assister en silence à l'histoire en direct du ravage-moi des libanais des rwandais ou des soudanais c'est en feu ça tue ça t'emmène loin de ton chez-toi ça te bat ça te laisse sur le bord de la route et ça t'oublie dans la poussière immobile et figé sur ton divan dans ton salon t'es perdu tu voudrais rentrer mais c'est trop tard pour les dessins animés du samedi matin les pubs de céréales sucrées et les clips vraiment cool pour les petits enfants dans mon genre qui pisseraient encore au lit s'ils n'avaient pas la responsabilité de leur corps comme de celui de tous les autres ravagés du réel parce que très très loin au fond de ces yeux que je fixe dans le miroir de la salle de bain je ne les vois pas mais peut-être qu'il y a tous les pays qui écopent en silence.

*

Mais où était jeannot prudent ? Il y a des cris des bébés qui pleurent des gens qui se battent pour des rations humanitaires la poussière que soulèvent les pales des hélicoptères des soldats fusils en joue qui crient à tout le monde de se calmer et c'est les vacances toute la famille est en lunettes fumées sur le patio avec des drinks colorés mon père prépare le chlore pour la piscine pendant que sur le tapis du salon devant un grand reportage sur l'afghanistan plié en deux à cause d'une crise d'asthme il n'y a plus assez d'air autour d'ici j'étouffe je respire de l'eau dans mon quartier chloré ma rue chlorée mes amis chlorés vous me brûlez la peau vous me blanchissez les cheveux je crie en bulles qui flottent sans qu'aucun bruit ne sorte je voudrais une perche s'il vous plaît une bouée mais avec les yeux rouges et les doigts plissés tout ce que j'arrive à toucher c'est le fond de ce salon avec son tapis mouillé son divan d'eau son ambiance trempée alors que mon corps bronzé de party animal en bermudas fluo touche du doigt l'écran et la main d'un civil mort pour rien sur ce plancher terreux alors je serre les dents très fort et je lui ferme les yeux.

*

Ce mois-ci à super écran. La radio qui gueulait d'assassiner tous les tutsis la poussière des pick-up et le bruit sourd des coups de machette sur les os qui cèdent comme une pièce de porc qu'on dépèce et sentir l'odeur de pourriture de sa propre famille et des gens qu'on connaissait vivants à peine deux semaines auparavant et de tous ceux qui remplissaient les rues de sa ville natale et peut-être aussi la pointe froide d'un canif rouillé sur la gorge pendant qu'un père exécute un à un ses enfants puis sa femme parce que les miliciens s'en viennent et que ça risque d'être pire encore et une journée où ils en ont tué 25 000 je sais que j'ai ri à en pisser dans mes culottes en écoutant des pilotes en l'air deux à super écran en vidant une boîte de popsicles.

*

La haie de cèdres de la honte. Ah la banlieue terre de contrastes et d'exotisme avec des chiens qui jappent des chicanes de voisins d'aller en cour pour des histoires de limites de terrain de mises en demeure de petites bassesses comme casser le drapeau de leur boîte à lettres ou installer leur bac à compost juste à côté de leur hamac ou dire aux enfants de ne plus parler aux enfants des voisins et de mettre le paquet pour se faire aménager sa haie de six pieds son mur de sécurité et je ne ressens rien pendant les nouvelles le silence le regard vide moi l'engourdi qui revient de l'épicerie avenue djénine rond-point ramallah croissant bethléem un check-point après l'autre des lunettes fumées une mitraillette un gilet pare-balles baisser ta vitre d'auto papiers passeport et répondre à d'innombrables questions chaque matin chaque soir deux fois par jour ils tirent sur des gens sans raison ils veulent lâcher les chiens marwan abdel mahmoud walmart sobeys costco je suis tombé sur l'asphalte au milieu du stationnement et je me suis mis à pleurer pour un œuf qui s'était cassé.

Nouvelles continentales

Mélamine. Il n'y a pas d'époque pour le beau je regarde exploser un immeuble se casser une vitre mourir un humain je regarde la guerre se dégrader je regarde mourir un chien je suis nord-américain je trouve les nouvelles horribles mais une heure après je me demande quoi manger et je ne sais pas quoi penser les jours de congé je tourne en rond dans la maison et ma télé et mes murs en pochoir et mes plantes en plastique et ma petite table en mélamine et ma longue causeuse en cuir et mon meuble de rangement tubulaire fluo rétro je croule sous le beau et j'arpente ma belle maison en contournant ces meubles de rêve qui étaient tellement moi quand je les ai achetés mais qui sont aujourd'hui tellement dépassés tu les regardes tu les achètes ils te les livrent tu déchires le plastique et ils sont étincelants à cet instant de la nouveauté parfaite pour la plus pure minute et une heure après ils sont juste démodés pour le reste de l'éternité et moi je vis là-dedans je suis mathieu-mélamine dans sa banlieue la plus pure j'ai l'air cool et avenant mais en dedans c'est de la granule de bois pressé pourrie qui s'effrite après une semaine on ne se connaît pas mais si jamais ça arrive et que vous essayez de me mettre une vis dans le corps vous allez tourner longtemps dans le vide et je vais vous aimer en m'effritant autour de mon trou s'agrandissant assez pour qu'on puisse s'installer un jour dans l'insignifiance propre de mon gouffre accueillant et j'avais oublié de vous dire aussi que je suis facile à nettoyer juste un linge humide et en un tournemain voilà c'est tout à fait moi je tourne autour de rien.

*

N'ai-je. De vous à moi à moins moi moins à moi je voudrais déclarer qu'après toutes ces années de travail sur moi-même j'ai enfin les idées de la semaine j'ai les opinions de tout le monde j'ai fini par avoir le corps qu'il faut pour continuer à consommer un minimum de volonté juste assez d'espoir pour pas me laisser mourir et à peine l'énergie qu'il faut pour aller travailler j'ai même pu préserver une miette de libido pour fonder une famille de classe moyenne tout ce qu'il y a de plus respectable et je répète à qui veut l'entendre que je suis en pleine forme en pleine vie et que le bonheur est à notre portée quand on y croit très fort nos rêves se réalisent et qu'importe les obstacles l'amour sera toujours vainqueur mais tout cet amour que j'ai l'ai-je je t'aime t'aimai-je t'ai-je m'ai-je neige sur la télé après que le poste s'est fermé tout seul dans l'obscurité sans rien penser je garde les yeux ouverts et j'assiste à moi-même à ma chute libre et tempête ma chérie ma pauvre petite vie je te tiens tiens-toi bien retiens-moi bien dans le rien au-dessus de ce vide ouvert par la télé par les films américains par les histoires de crimes qui ne paient pas par les bonnes nouvelles de levée de fonds pour les enfants malades par tout ce monde par

CERTIFIED STOCK FRT /RR

PART (#) :	67861/2-06090
PART NAME:	Front door w/s
NON-CONFORMANCE :	Parts Too short
QPR NUMBER (#) :	8060-0-511-0020
PART CERTIFICATION ID :	Yellow ticket

CERTIFIED BY:

CERTIFICATION DATE :

051A

QC VERIFICATION BY : (AT SUPPLIER LOCATION)

ce monde entier qui pénètre dans ma tête restée allumée devant l'écran depuis tant d'années que je ne sens plus ce corps enseveli sous la neige fine et froide de mon imaginaire télévisé j'ai les doigts roides et gelés de la plus glace normalité.

*

Zombie nation. Frigidaire cuisinière table divan télé toilette lit ma vie est complètement normale conforme et ordonnée comme on ne peut même pas en rêver je ne suis pas difficile je me rase je me brosse les dents je me peigne en suivant toujours le courant le ridicule tue et tirez-moi dans la tête parce que je suis mon propre zombie et le lundi matin des morts-vivants commence à sept heures et demie en plein milieu du trafic avec les goules les momies et les maniaques à la scie de la banlieue qui parlent en bâillant qui grognent mollement et qui s'informent en se grattant des meurtres sordides de la veille des crimes contre l'humanité qui sont en train d'arriver et du chemin parcouru jusqu'ici par la horde des cadavres en marche qui dévorent tout sur leur passage cerveaux animaux forêts pétrole des cimetières d'autos aux cimetières de tout on consomme sans but on erre on hante on agace le monde entier et malgré tout ça je verdis je bave je grogne et sens monter en moi l'envie de planter mes dents dans le cerveau des gens pour que ça saigne mais ce serait mordre encore comme malgré moi dans le plein emploi la vie active et la plus malsaine normalité et tituber en pourrissant comme d'habitude dans le stationnement d'un entrepôt comme d'habitude je perds un bras je perds un pied et ne suis plus en un instant que la plus pure envie de me bouffer la cervelle quelle tragédie de série b ô toi mon beau mode de vie ma zombie nation de vieux dvd de films d'horreur italiens des années soixante-dix qu'on finit d'écouter qu'on n'apprend rien qu'on ne retient rien qu'on sort de la machine qu'on remet dans sa petite boîte qu'on va se coucher qu'on dort qu'on se lève et qu'on se rend compte que tout ça ne va jamais s'arrêter frigidaire cuisinière divan télé ma vie est complètement normale conforme et ordonnée.

*

Le possible. Mon sourire le plus blanc mon beau linge neuf ma chemise pastel à motifs entrelacés ma casquette à logo obscur et mon tattoo discret à l'attaque jeune homme saisis le monde à bras le corps n'écoute que toi-même fais ta marque fais-toi voir trace ton chemin rebelle-toi exprime-toi mais qu'y a-t-il à dire quand on vit comme n'importe qui dans une des combinaisons possibles limitée par un ensemble fini de positions sociales d'opinions en circulation et d'objets de consommation courante manufacturés au détail par un ensemble fini de compagnies et distribués par un ensemble fini de commerces et cette vie que je vis est dans l'ensemble finie je voudrais m'effondrer je voudrais faire une crise je voudrais qu'on s'en souvienne mais je ne me souviens moi-même de rien ni d'où je viens ni où je vais tout ce que je sais c'est que je me cherche un coin pour me reposer loin de cette idée que je ne suis rien de plus qu'un autre produit de consommation qui ne veut pas mourir un extracteur à jus qui a peur un ouvre-boîte électrique qui pleure et qui ne veut pas qu'on l'abandonne parce qu'il est démodé et inutile dans le silence désolant de ce dépotoir salopé des possibles où finissent les gens brisés par cette vie trépidante et les défis à relever de ce nouveau siècle qui vient de commencer je vis ma vie à cent à l'heure immobile dans mon salon comme si j'étais attaché dans des montagnes russes d'immobilité.

*

Souvenirs impérissables. Nous oublions tout j'oublie tout mais par quel trou est-ce que tout me fuit et pourquoi est-ce que je me fous de tout ce monde qui oublie tout je les oublie c'est absolument tout que j'ai oublié le linge fluo les pif gadgets la première console de nintendo la coupe longueuil les goonies les bubblies et le velours côtelé beige du divan que j'ai tellement mouillé de larmes quand je me suis aperçu tout petit que tout le monde mourrait un jour et que rien n'allait changer dans la misère des gens ordinaires l'épicerie le ménage la vaisselle le krach boursier de 1987 les huissiers qui débarquent un samedi matin ma mère qui pleure les fentes dans le bois du plancher le dessin des pissenlits que donald duck avait mangés la chatte qui avait accouché dans le lit ma sœur avec ses bottes de pluie qui font splash dans un trou d'eau à son premier jour d'école et mes parents qui n'ont été ni pires que cons ni pires que bêtes ni pires que non juste incapables de se libérer du marché incapables de changer le monde et de consoler leur enfant qui avait si peur de la mort de la vraie mort qui fait que dans soixante ans d'ici au mieux il ne restera rien ni chair ni os ni personne pour se souvenir des pissenlits des bottes et des huissiers personne pour se rappeler comment j'ai erré dans cette banlieue en ruine cherchant en vain quelqu'un qui pourrait me rapailler les fragments éparpillés de ma vie brève sur ce même divan de velours côtelé beige.

*

De la mer à une tablette. Un jour nous ne serons plus rien le vent dans le rideau et le rayon de soleil qui pointe de la fenêtre sur la table sur mon doigt qui tapote la nappe en plastique et mon œil pique qui suis-je mais qui suis-je donc je me gratte distraitement et je bâille et j'attends paresseusement que la clochette du micro-ondes résonne et tout le bruit du ventilateur tandis que derrière moi tourne dans le four cette boîte givrée de fruits de mer des fonds marins d'écosystèmes vieux de millions d'années raclés dévastés ruinés par des chalutiers qui congèlent des bâtonnets de poisson insignifiants sans saveur surgelés puis dégelés puis déchiquetés distraitement par des milliards de dents dont les variantes et caractéristiques existeront peut-être encore sous forme de tableaux chiffrés dans deux cents ans si on est chanceux dans un dossier poussiéreux sur une tablette de l'association dentaire canadienne qu'éclairera distraitement un rayon de fluorescent.

*

Je ne suis pas michel couillard. C'est cool carrément buzzant c'est fou c'est même tripant j'arrive de travailler j'ouvre la télé je me fais dégeler un truc je le mets dans l'assiette je le mange je prends l'assiette je la mets dans l'évier je la lave je l'essuie je la range je jette la boîte je regarde dans mon outlook si j'ai du courrier je vais m'asseoir sur le divan j'écoute mes trucs je vais aux toilettes je reviens je ferme la télé je regarde une dernière fois dans mon outlook si j'ai du courrier et je vais me coucher je n'ai pas d'histoire à raconter c'est écœurant capoté watatatatatatatatow watatow watow wat the fuck que ma vie est tissée d'événements tellement plates que ça ne pourrait jamais passer nulle part à aucune heure sur aucune chaîne mais cette chaîne c'est la mienne et cette heure c'est la mienne sans générique ni pause publicitaire avec personne pour la regarder et ce que je déteste le plus c'est d'en être venu à aimer mieux que la mienne ces existences de cul ces séries télé complètement débiles où tout le monde trompe tout le monde avec des tentatives de suicide et des coups de poing dans les murs cachant cette guerre de cotes d'écoute de cotes de regard de vie ordinaire que plus personne ne veut se payer et qui s'annule d'elle-même faute d'être assez intéressante pour tenir une seule saison dans la mémoire d'une seule personne.

*

La réalité. J'aime la réalité et tout ce qui s'y rattache j'aime voir aux nouvelles télévisées les fusils les meurtres les couteaux le gros sang qui tache et oh la la que j'aime les taches de crasse sur les vieilles chemises car les nouvelles sont mauvaises et vicieuses à la télé je voudrais pleurer mais pire encore je ne sens rien je change de poste je tranche le pain j'ouvre le robinet je regarde ma main au lieu de parler parce qu'on m'a fait comprendre à force de m'expliquer chaque soir la complexité du monde et l'ampleur des défis à relever que je n'ai rien à dire que je suis remplaçable que je suis négligeable et que je ne serai jamais plus apprécié qu'en gagnant un revenu suffisant pour garder l'activité économique sur sa lancée pour être utile je dois pouvoir m'acheter des vêtements des objets et des services qui ne servent à rien d'autre qu'à permettre aux autres d'aller travailler pour pouvoir s'acheter des vêtements des services et des objets c'est la réalité et de n'importe quel côté que j'essaie de la retourner je ne suis jamais que vêtu vu et battu dans ce grand magasin qu'est la vie de tous les jours je savoure intensément l'instant et j'aime avec mon cœur que la réalité a tranché la branche a cassé je me suis cassé un ongle l'ongle est une partie de mon doigt le doigt est une partie de la main de cette main qui tient un couteau à beurre au-dessus de cette tranche de pain que j'ai regardée pendant deux heures au lieu de penser à ce qui s'était passé aux nouvelles et maintenant je voudrais un nouveau meuble de télé je voudrais une nouvelle chemise je voudrais un nouveau forfait internet haute vitesse c'est dire si j'en veux des choses pour améliorer la réalité parce que c'est quand même un monde de cul et finalement ce que je voudrais le plus c'est une chaise pour pouvoir m'asseoir dessus.

*

Variations sur miss moneypenny. Dans mon regard absent et mon iris astreint à regarder le seul film diffusé dans la nuit bleu lavasse du samedi que je passe devant mon écran je pense à miss moneypenny qui est morte à quatre-vingts ans au temps qui fuit car on ne vit qu'une seule fois mais on écoute on ne vit que deux fois à peu près deux cents fois quand ça passe à ctv en anglais ou à tva en français vers deux heures du matin la seule question que je me pose c'est me coucher ou traîner encore libre et limace qu'est-ce qui arrive à mes traits ils s'affaissent et je m'efface parce que je vieillis la peinture craque sur les murs les fleurs séchées s'effritent et j'oublie peu à peu d'appeler mes amis car le temps passe et fuit comme une alfa romeo dans les rues de tokyo le nom d'alberto broccoli défile dans la nuit et sur fond de disco s'égare mon ego ivre d'ennui au pays de james bond et des informerciaux.

*

Sans expression. Le visage éteint sans expression devant les nouvelles télévisées il y a des gens qui meurent pour rien vraiment vraiment rien là je veux dire quelqu'un tire une petite corde ou appuie sur un bouton et boum c'est plein de morts et tout de suite après c'est la météo et pendant ce temps je trouve qu'il fait trop froid je trouve qu'il fait trop chaud je trouve qu'il pleut mais je ne trouve rien d'autre à ressentir je ne sais pas comment trouver le chemin vers la tristesse ou la colère ou la désolation entre l'épicerie et la maison un arbuste et un autre ma main et celle de l'amour de ma vie en revenant de l'épicerie tout le silence entre deux phrases entre le moment où elle me passerait le shampoing et celui où elle me passerait les biscuits l'eau de javel le papier essuie-tout on se passerait tout ce qu'on aurait les sacs seraient vides et il ne se passerait rien mettre les sacs au recyclage cligner des yeux déglutir voir une voiture exploser une armée entrer dans un camp de réfugiés avoir des amis fonder une famille trouver l'amour un but dans la vie qu'est-ce qui compte ? le comptable qu'est-ce qui rocke ? le rockeur qu'est-ce qui est cool ? le cooler qu'est-ce qui trashe ? la poubelle qu'est-ce qui vaut la peine ? la valeur-la-peine la valeur-la-colère la valeur-la-désolation ne sont pas des expressions.

*

Sans catharsis à la station-service. Le 11 septembre est terminé depuis des années et depuis tout s'est dégradé tout le monde a oublié ce qu'il pensait avant comment on était libres de nos mouvements et si je racontais une histoire pleine de bons sentiments c'est à ce moment-ci qu'apparaîtrait un événement marquant du genre je verrais quelque chose de vraiment horrible dans un reportage qui me permettrait d'accéder instantanément à une conscience politique mais comme tout ça se passe dans la réalité et que ce genre d'événement n'arrive jamais au quotidien il ne se passe rien il n'y a pas d'intrigue pas de salut et ce qui est horrible c'est qu'on apprend plus rapidement à fréquenter les atrocités en changeant de chaîne ou en fixant le vide qu'à douter de tout devant le spectacle de l'effondrement du monde j'aime les sushis le beau temps l'odeur de l'herbe fraîchement coupée l'odeur de l'essence lâcher au bon moment la gâchette de la pompe à essence pour que ça fasse un chiffre rond et pourtant qu'est-ce que cette sourde et minuscule angoisse ou encore cette frustration sans début ni fin qui m'accompagne et m'empêche de sourire au commis de la station-service ou à cet automobiliste qui me laisse passer le premier aux quatre stops qu'est-ce que cette réalité ce quotidien pourri d'où les bons sentiments s'en sont allés qui me laisse tout gonflé d'une fatigue sans nom sans tristesse sans image sans idée ce garçon pense en rond je revisse le bouchon je roule lentement je tourne le volant j'ai l'œil qui tourne et me retourne sur mon divan.

*

La peau propre. Ce fauteuil el-ran cette cuisinière moffat cette toyota de l'année ce store vertical ce masque africain cette théière du moyen-orient ce tapis afghan ce t-shirt salvadorien ces souliers thaïs ces pantalons bengalis cette télé chinoise ridiculement bon marché ce ci ce ça ce terrain miné de choses achetées je suis traversé de bébelles décoratives d'oubli d'exploitation soft de domination ordinaire j'ai le foie percé de cellier et la peau irritée d'annonces de vaporisateurs pour le corps les reins pleins la vessie patio jacuzzi ça sent le chlore le monsieur net l'ajax il y a la guerre et je m'enferme dans les toilettes même pas pour pleurer même pas pour vomir juste pour prendre ma douche et toucher de mes doigts cette peau burinée d'excès de paresse économique cette peau flasque et usée de tout le monde de voisins de paniers pleins qui sourient la peau des caissières qui disent merci des comptables d'agents d'assurance et d'agents de sécurité qui me regardent bienveillants et qui disent de ne pas m'inquiéter parce que le savon est propre la serviette est sèche la bouteille de shampoing a été vérifiée pas de flânage pas de gestes brusques mais j'ai déjà la main au fond de la gorge à la recherche d'une phrase sale et colorée qui ferait tout s'arrêter et tout s'améliorer dans la lumière des fluorescents qui illumine mon corps immaculé j'ai les hauts le cœur du savon dans les yeux tandis que se lève sur la banlieue le soleil le plus radieux.

*

Pub de cell. On voudrait tout quitter partir dans le bois parce que la nature c'est les vacances les grands espaces les paysages immenses les montagnes des forêts de l'air pur à respirer et pourtant on ne peut voir tout ça qu'à travers le filtre du marketing photoshop ma chérie la taille mince les lèvres rouges qui plante une tente et un coucher de soleil beau à mourir sur le bord d'un lac mais une fois sorti de chez moi dans cette entrée pavée à ce feu de circulation sur ce boulevard bien éclairé je ne trouve rien pas d'amour parfait pas de vacances possibles pas de fleuve à franchir pas de campagne où fuir sinon la campagne de pub où je me retrouve jour après jour dans une forêt d'affiches cool qui flashent avec des filles qui font le party et des slogans spirituels qui m'occupent une seconde l'esprit et le plus inconsciemment du monde je bave et j'en veux je clame et réclame qu'on me laisse dans le bonbon sucré des annonces de cellulaire roses et pleines de petits lapins avec des boucles dans les cheveux et ça sonne et je réponds mais ça crie à l'autre bout du fil qu'il n'y a rien d'autre que le marketing comme la dernière maison encore debout dans mon pays en béton armé qui s'effrite il y a les fleurs la guerre au quotidien des gens qui meurent des haut-parleurs des mères qui pleurent mais moi je suce mon bonbon j'appelle mes amis je change ma sonnerie de cell je flatte mon lapin virtuel je m'écœure je m'écœure de cette dérape générale en couleur.

*

De retour après la pause. J'aime malgré moi la publicité parce que c'est coloré et que ça va vite avec des fonds en spirale qui tournent de la grosse musique techno et des gens qui s'amusent sans se demander à toutes les trente secondes s'ils ont leurs propres idées ou les idées des autres ou si chaque fois qu'ils achètent quelque chose il n'y a pas quelqu'un d'autre qui vient d'en mourir d'épuisement ah que j'aimerais ne plus penser et ah que j'aimerais aussi cette fille de pub en rose avec des lulus en minijupe et de longs bas rayés qui m'habiterait colorée et souriante ma barbie sugar-charged avec des yeux en guimauve de céréales sucrées je garderais le lait pour la fin je plongerais la main dans sa boîte pour trouver la surprise à l'intérieur notre vie serait juste une grosse ligne en fête et je trouverais mes sujets de conversation dans des magazines de jeunes cool je parlerais explosion de saveur et sensations full fluo je m'annulerais dans cet avenir taillé sur mesure pour les gagnants de ce continent où j'ai eu la chance de venir au monde avant de me mettre à hurler pour rien encore une fois pour lui signifier que me planter une fourchette en plastique dans la cuisse est une activité que je voudrais faire avec elle tout comme sniffer du sucre en poudre avec une paille rayée jaune et blanc et me pendre avec une corde en réglisse dans les structures de jeu du mcdonald's.

*

Dilettante et gastronome. Dans les toilettes du burger king je me lave les mains je m'inspecte les craques de dents je me place les cheveux je ressors et puis presque sans effort j'hallucine sur les vraiment vraiment vraiment vraiment beaux tableaux pastel accrochés dans le restaurant et ce mobilier de choix et ces couleurs à faire rêver tellement que je voudrais en engraisser de jouissance esthétique à me boucher les artères devenir aveugle cardiaque et gangrener des doigts et des pieds de tout ce net et soyeux pour les sens comme les gens normaux que je croise tous les jours qui sont vraiment vraiment vraiment hot parce qu'ils ne font jamais de compromis sur ce qu'ils considèrent qui est beau bon et vrai je n'écouterais que moi-même je mangerais tout le gras sucré que je voudrais pour me faire plaisir je changerais de chaîne dès que ça commencerait à être un peu compliqué je me méfierais de tous ceux qui sont différents et de toutes mes dents déchaussées par les bulles de 7-up je mordrais enfin dans cette existence de bonheur ah si je pouvais pour une fois quitter le gris le brun l'agacé le farouche et vivre dans le propre le frais le plastique le rose ah que j'aimerais donc ça être diabétique en toutes choses.

*

En fin de bulletin. Cinq minutes de scandales dix minutes de faits divers trois minutes de guerre une minute d'international et juste après sur une note plus légère commence l'heure des chiens qui adoptent des portées de canetons d'une paire de bas de john lennon vendue aux enchères du record de la plus grosse tarte aux fraises et d'un paquet de bébés pandas qui me grugent l'intérieur comme si j'étais du pur bambou frais mâché et remâché de note plus légère en note plus légerte qu'elle est foisonnante ma planète un perroquet qui fait du patin à roulettes un petit chiot coincé dans un tuyau une montagne de dominos une lettre des années trente qui arrive à destination c'est une avalanche d'images quioutes qui commence à déferler et je sens que je perds pied main bouche et tête quand mon regard croise celui des bêtes et cui cui je ris je gazouille et ne suis plus que cette perruche aux plumes d'anecdotes cocasses qui se balance sur son perchoir se regarde dans son miroir se lime frénétiquement le bec et se laisse mourir sur le journal du fond de la cage car cette perruche en fin de bulletin est à bout de tout ouvrez la petite porte s'il vous plaît que je m'envole sur une épaule parce que les miennes ne supportent pas bien de n'avoir que de jolies images comme uniques copains.

*

La dépouille ivre. Ces yeux ont déjà tant vu de choses qui seront toutes perdues comme des larmes dans la pluie j'ai vu des chanteurs invités dans les shows de madame j'ai vu deux filles qui s'embrassent à loft story des chroniques de vin ou d'auto des potins de vedettes des centaines de jeux de la semaine au hockey des centaines de fois michael jackson madonna patrice l'écuyer et véronique cloutier ces yeux en ont tant vu que chaque minute est un paradis léger je descends en voguant des fleuves insipides et pendant ce temps je pourris de la coque depuis que je suis ce petit cadavre exquis d'images empilées les unes sur les autres enterré depuis ma naissance dans la bourrure d'un divan j'ai le corps livide en miettes et je vois chaque soir de la semaine de sept à dix l'appétit des vers qui me grignotent le confort de mon foyer m'use au possible il ne devrait plus rien rester et pourtant je persiste à me demander si britney spears va reprendre sa vie en main si ça va encore bien entre céline et rené mais qu'est-ce donc qui me pousse à tant procrastiner peut-être que c'est cette pluie qui tombe la pluie de cendres d'une explosion sur les carreaux et le bruit de mortiers lointains qui m'endort car je suis une chose qui dort depuis tellement longtemps que le réveil n'existe pas autrement que dans le rêve d'un réveil et dans ce réveil je me précipite dans le salon pour écouter le banquier le combat des clips faut le voir pour le croire rire et délire la télé me saoule à trois ans comme à trente j'ai les yeux d'un enfant accroupi devant la télé plein de tristesse et lâche il y a tout qui m'enivre et qui me met en boîte.

*

Nettoyage ethnique. Dans toutes les chaumières dans tous les foyers les petites cheminées fument les millions de cellules de chaque corps humain décortiquent et brûlent chacune des particules ingérées à la pelletée

CERTIFIED STOCK FRT /RR

PART (#) :	67861/2-06090
PART NAME:	Front door w/s
NON-CONFORMANCE :	Parts Too short
QPR NUMBER (#) :	8060-0-511-0020
PART CERTIFICATION ID :	Yellow ticket

CERTIFIED BY: CERTIFICATION DATE :

051A

QC VERIFICATION BY : (AT SUPPLIER LOCATION)

une diète s'enchaîne à l'autre parce qu'il faut tout brûler la graisse les kilos les livres les animaux les travailleurs les ouvriers les employés il faut tout incendier pour alimenter le forage humain qui creuse à l'infini chaque grosse usine à rien qui passe ses grandes soirées sur son fauteuil en avant toutes il faut raser toutes les forêts faire brûler tout le combustible disponible rayer de la carte des espèces entières des cultures entières des peuples entiers pour arriver à évider l'intérieur d'un corps lui vider la tête épuiser chacun de ses muscles jusqu'à ce qu'il ne puisse plus se tenir autrement qu'immobile devant la télé qui achève le travail grattant ce qui reste de mon crâne immaculé je me sens glisser vers la perfection lisse d'une donnée statistique et je ne comprends rien à cette tristesse qui me vient quand je me vois fatigué traînant les pieds d'une chaîne à l'autre cette soirée devrait être le samedi soir de tous les possibles cette fin de semaine le weekend d'un million de rêves cette existence la vie parfaite qu'envient les pauvres de la planète mais je ne trouve que l'écho l'écho derrière mes yeux propres quand dans ce film tout public le gars maladroit et la fille gênée se rendent compte qu'il y avait eu un malentendu et finissent par se retrouver pour s'embrasser enfin je braille de l'eau de javel à en blanchir les meubles car je mène la vie la plus ordinaire et la plus malhonnête je veux qu'on aime mon squelette.

*

Au-dessus de ses moyens. Des grands pins des fougères des palmiers géants des plantes oubliées des algues bleues des algues vertes des espèces complètes sans nom écrasées par d'autres des trilliards de bactéries comme personne n'a idée dans un temps tellement long qu'il est même impossible à imaginer tout pourrit tout se décompose tout se compacte en boue noire et tout de suite après il y a la télé il y a moi et des millions de kilomètres carrés de flore et de faune vivant et mourant durant des millions d'années concentrés des millions de fois dans mon litre d'essence j'entre dans l'auto je ferme la portière je tourne la clé et soudain la musique du top 5 enterre le bruit que fait la combustion spontanée des restes décomposés de milliards d'organismes morts pour aucune autre raison que celle de m'emmener au dépanneur me chercher un six pack de heineken et un sac de nachos avec de la salsa pour faire passer plus vite une soirée de télé dont je ne me souviendrai même plus le lendemain matin une calculette un boulier un cadran mes dix doigts sont suffisants pour tenir le volant mais je n'en aurais jamais assez pour calculer le temps dépensé à ne rien faire de mes soirées.

*

Limace de quebecor. Dans mon salon je crie peut-être à l'injustice je gueule peut-être contre le système mais si la police en venait à charger j'ai peur de m'avouer que je serais le premier à me sauver car mille fois moins que de me sauver je change de poste dès que ça devient un peu compliqué je mets les auditions de star académie le volume au fond pour oublier la terreur qui me travaille d'avoir à prendre la parole en public pour dire que ça suffit que ça ne peut plus continuer et je me débats et je m'accroche parce que je ne peux plus accepter de vivre une seconde de plus dans l'insignifiance collective dans laquelle je suis plongé et même si je sais que je n'aurai jamais le courage nécessaire pour être ce héros que j'imagine je ne vais pas fermer les yeux et même quand je serai devenu cet impossible poisson pollué au mercure de chaînes généralistes qui ne sait ni cligner de l'œil ni battre de la nageoire ni même me reproduire je jure de me maintenir à flot et de ne jamais couler dans l'insignifiance éhontée de toute cette bave de limace de quebecor qui constitue 80 % de mon corps.

*

TVOD. Ma mère me disait de m'éloigner de la télé parce que ça allait me brûler les yeux mais maintenant que je suis vieux j'ai les yeux qui brûlent d'eux-mêmes du feu sacré de la télé mon seul chemin est celui qui mène du salon à la salle de bain à la cuisine et au salon pop-corn nachos corona je dévore sans penser les nouvelles les documentaires-chocs les événements spectaculaires et les scandales les plus hot tellement qu'il faudrait qu'on me garrotte et qu'on m'intube à même la machine illico allez hop que je me prenne la fibre optique directement dans les veines et que je sente la chaleur monter dans mon corps ma mère me disait que j'allais m'arracher les yeux quand j'étais trop près parce qu'elle savait que tout m'avale quand j'ai les yeux ouverts tout de suite dès que ça commence et si je porte des lunettes maintenant c'est pour mieux me jeter plus avant mon enfant pixel à pixel point par point je t'approche et te lèche joue vitre écran langue silence j'écoute et j'apprends tout sur les incendies de puits de pétrole en irak les feux de forêt en australie ou davis inlet au labrador où les jeunes se brûlaient les cellules en sniffant de l'essence dans des sacs en papier c'est en feu c'est en feu sur mon visage mort main morte tête vidée d'overdose de tv ça ne fait plus rien et je suis prêt juste à temps pour les pires bulletins de nouvelles sans pleurer sans réagir sans voix comme tout le monde exactement les yeux ouverts et immobiles mais les cellules pixel à pixel avec les points les plus chauds de la planète.

*

La dent contre. Dans la programmation régulière il se passait des drames pas possibles il arrivait qu'on tuait dans la rue sans que personne réagisse il arrivait des scandales de corruption des coups d'état des invasions illégales des massacres de civils des manifestations réprimées avec des tanks des histoires de pollution industrielle de coupes à blanc d'empoisonnement à grande échelle et tout ça défilait à une vitesse incroyable et je suis resté chaque soir devant la télé des années de temps endurant toutes ces histoires et me demandant quoi faire pendant que la plupart de mes amis se sont mis à tout dévorer pour oublier qu'ils ont manqué de force pour continuer de trouver ça pour le moins inquiétant toutes ces dérives démocratiques les couleurs pâlissent les petits chemins se creusent de leur visage à leur travail et j'entends un bruit j'entends un bruit mais qu'est-ce que c'est que ce bruit qu'est-ce qui gratte qu'est-ce qui croque qu'est-ce qui me dévore ainsi la peau grain à grain un film un disque une voiture des meubles de l'année j'essaie de me lever je voudrais me sauver mais je n'arrive à rien sinon à mon visage collé contre la télé sans comprendre qu'on ne voit jamais les morts et les blessés de face aux nouvelles parce que ce sont leurs yeux figés qui nous regardent crever lentement d'une manière tellement cavalière que si on voyait juste une fois leurs dents figées on se mettrait à gémir de terreur de se faire mordre par leur sourire éclatant.

*

Rions un peu. C'est l'histoire d'un gars comprends-tu qui dans les années quatre-vingt-dix aimait plus que tout les manifs les autobus loués et les nuits blanches à confectionner des pancartes avec les crayons feutre et les regards en coin des filles de l'association étudiante qui souriaient en coloriant les slogans mais pas longtemps après tous ses amis s'étaient trouvé des jobs et arrivaient brûlés le soir parce qu'ils faisaient vraiment trop d'heures pour payer leur maison le linge des enfants et juste deux semaines de vacances en août non mais on ne va quand même pas les passer entre quatre murs dans la pollution le bruit la pauvreté la saleté des anneaux dans le nez des collants filets troués des mèches de cheveux bleues un mannequin de magasin trouvé dans les poubelles des centaines de billets de show collés sur le babillard des piles de cd des caisses de bière qui s'empilent des citations collées sur les murs le plafond de la salle de bain qui coule la république de platon sur la toilette des piles de cd sur le frigidaire je voudrais retrouver cet appart en désordre pour échapper à ces images de ma génération qui s'effondre et pour inviter mes amis à boire de la bière et à ne rien faire en parlant de ce qu'on a vu en écoutant la télé en jouant au super nintendo pour avoir encore quelque chose à leur dire parce que je suis en train de les perdre un par un avec ces histoires de gagner de l'argent pour payer l'hypothèque et les vacances c'est l'histoire d'un gars comprends-tu qui faisait des pancartes avec pète et répète et moi dans un bateau mais pas longtemps après tout le monde est tombé à l'eau qui qui reste? qui qui reste.

*

Génération génocide. C'est un lundi de mai il fait chaud les filles sont belles les enfants se baignent il fait plus de trente degrés les moustiques saignent tout ce qui bouge et si un jeep des nations unies venait à sillonner les chemins poudreux qui traversent la banlieue il pourrait voir par les fenêtres des maisons des corps et des corps empilés de travailleurs de mon âge parfaitement adaptés parfaitement convaincus qu'on ne peut rien changer au monde que c'est même mieux que ce à quoi ils se seraient attendus des milliers de fois dans les foyers les mêmes poussinots du développement psychosocial sensorimoteur complètement dix sur dix du ministère de l'éducation qui courent au galop pour se payer des souliers neufs et des beaux vestons et quand on chante on chante comme des oiseaux où sont mes amis ils sont tombés du nid de l'extrême curiosité d'un enfant de cinq ans sur le sol de l'extrême fatigue de trente ans de loques humaines qui n'ont plus que deux yeux tant mieux et un doigt pour zapper parce que cette collectivité de jeunes est maintenant juste assez fatiguée pour continuer de fonctionner sans avoir l'idée de changer quoi que ce soit et sur l'autoroute de kigali à montréal qui passe par la banlieue je voudrais faire cinquante tonneaux et au milieu des débris de plastique et des éclats de vitre embrasser doucement l'épaule déboîtée de cette fille de qui je serais tombé amoureux parce qu'elle serait aussi mal adaptée que moi à ce monde de performance et d'excellence et qu'elle aimerait elle aussi être au courant de ce qui se passe-partout.

*

Le rayon des jouets. Je suis rendu à un point de ma vie où je n'existe plus qu'en statistiques de monde qui se traîne les pieds ma vie est terminée car j'étais fait pour être un petit garçon maintenant que j'ai perdu ma maison ma chambre mes jouets je reste immobile devant la télé à me demander que faire dans le dédale des nouvelles compliquées comment faire pour retrouver mon chemin vers le confort des dessins animés du samedi matin mais aujourd'hui mes dessins animés c'est des journalistes en cravate qui me parlent de la fluctuation de l'indice du commerce au détail au lieu qu'il y ait des robots des lasers et des passages secrets il y a un tableau démographique et au lieu d'un arc-en-ciel de couleurs magiques avec des cœurs qui flottent autour c'est un vox pop de gens laids qui ont bien l'opinion qu'on veut qu'ils aient les g.i.joe sont en cour martiale démétan a perdu son milieu humide gem et les hologrammes sont recherchistes à cité rock détente et moi je reste sur le plancher les mains vides parce que tous mes jouets travaillent des heures de fou dans des jobs qu'ils aiment pas parce qu'ils ont l'hypothèque la voiture et l'école privée des enfants à payer et je rage de colère sur le plancher quand je vois partir le matin mes lego réceptionnistes mes playmobil fiscalistes mes toutous de service à la clientèle et mes transformers qui font quelque chose de tellement compliqué que j'oublie chaque fois le nom en tout cas c'est une histoire de réseau intégré en solutions-conseils adaptées et j'en ai crissé un sur le mur quand il m'a annoncé qu'il venait d'être transféré à calgary à défaut de me crisser moi-même sur les étalages du rayon des jouets parce que je ne sais plus comment jouer ni rien faire de mes mains et de ma tête je voudrais la péter contre un mur mais au lieu d'une tache de sang c'est sûr à cent pour cent que ça ferait une analyse sectorielle de l'indice des prix à la consommation reportée sur l'indice de confiance des ménages et je m'écrase au plus mal dans la plus négative des balances commerciales.

*

Des souris et des mecs. Mon mec à moi il me parle de café équitable d'ogms d'ong de la taxe tobin de médecins sans frontières ou de choses simplement sensées et quand je suis dans ses yeux c'est comme être en pleine manifestation et moi je crois tout ce qu'il dit oh oui mon mec à moi ce serait amir khadir ou julius grey ce serait georges leroux ou laure waridel mais je suis tellement brisé de l'intérieur que je suis à peine un mec je suis plutôt quelque chose de sec qui craque de partout et qui manque de courage à tout moment je suis une petite souris victime de la guerre et des privatisations qu'on a laissée devant l'écran pendant que les chats s'engueulent et se rentrent dedans pour savoir qui va me manger je suis un réfugié des idées dans une roue d'exercice de pensée je sais ce qui est bien je sais ce qui est mal mais je cours sans avancer dans cette cage en forces qui me manquent alors je reste devant les nouvelles à me demander quand ça va arrêter de tourner de crise diplomatique en cessez-le-feu hypocrites de riposte en riposte de fou dans une poche un chat sur une cage et sa patte entre les barreaux qui s'approche et me lèche à la griffe ma triste peau je ne suis pas un héros je ne suis pas un justicier je suis une souris verte de nausée.

*

Décoration lynda. Sur ce divan sur ce sofa les yeux fixés sur les nouvelles en continu pendant que la pénombre fait disparaître les entrées asphaltées et que les reflets d'un ciel chamoiré de roses et d'orangés s'estompent sur la surface de la piscine hors-terre réfléchit la lueur feutrée par les stores verticaux sont tirés les lampadaires de la rue s'allument et la lueur bleutée de la télé l'été est vraiment confortable ah vraiment ces images de soldats canadiens dans la poussière qui crient à la radio par-dessus le bruit des tanks s'agencent vraiment bien avec l'atmosphère feutrée qu'on a réellement voulu donner à ce salon d'un style réellement intime par ces combinaisons de papier peint imitation de marbre et d'un pochoir réalisé par la dame de la maison aux doigts de fée et tout ce qui passe à la télé se trouve comme absorbé par la beauté de ces teintes pastel car au niveau de ce salon la couleur vole comme réellement la vedette et que devrais-je faire dans cet émerveillement dégueuler m'enfuir ou tout simplement me laisser bercer m'endormir bonne nuit bonsoir bonjour aviez-vous imaginé donc il est venu le temps de donner aux images la parole.

Nouvelles nationales

CERTIFIED STOCK FRT /RR

PART (#) :	67861/2-06090
PART NAME:	Front door w/s
NON-CONFORMANCE :	Parts Too short
QPR NUMBER (#) :	8060-0-511-0020
PART CERTIFICATION ID :	Yellow ticket

CERTIFIED BY:

CERTIFICATION DATE :

051A

QC VERIFICATION BY : (AT SUPPLIER LOCATION)

Mon pays. Mon pays ce n'est pas un pays c'est voter pour la neige et perdre ses élections de glace sur le lac et année après année je fais la file au bureau de vote de tout ce givre sur mon visage on ne se voit plus on ne se parle plus près de l'écran froid la vitre mortelle d'ennui que j'ai que je gis en spasmes devant la télé quand ils annoncent qu'israël ne veut plus négocier que l'iran s'arme que le canada est du côté des pollueurs et des bourreaux qu'on nous déconseille de sortir de chez nous je n'ai rien pu faire je ne sais pas quoi faire je ne sais plus à qui m'adresser alors je ne fais rien je me tais à défaut de savoir crier de glace je prends mon bain j'écoute mon film mon quiz et mon talk show c'est ma vie mais gis-je autant que quand je vais me coucher sans rien dire parce que je ne suis plus capable de rien apprécier tellement une paresse qui ne m'appartient pas m'afflige où vis-je où vais-je nulle part ailleurs que dans mon pays de neige d'où la pensée et l'action politique s'en sont allées.

*

Je voudrais voir la neige. Je voudrais qu'on sorte dehors manifester en plein hiver la neige dans la rue et nos traces de pas qui s'enlacent des anges sur le sol j'aurais rencontré une fille avec des mitaines en grosse laine et un bonnet on se tiendrait par la main et je lui demanderais est-ce que tu m'aimes est-ce qu'on va rester ensemble tout le temps mais il n'y a pas de place publique ici seulement des terrains privés et la belle neige de mon pays ce n'est pas de beaux flocons poétiques c'est rien sinon des maisons enterrées sous une tempête médiatique et des millions de gens qui gueulent des fois mais qui le reste du temps se sacrent de tout sauf des baisses d'impôts de leur marge de crédit des rendements impossibles pour leurs placements leur reer et leur fonds de retraite et qui déchirent leur chemise pour des faits divers aux nouvelles des parents qui pleurent parce que leur enfant s'est fait frapper des victimes d'inceste des victimes d'invasion de domicile mais s'il vous plaît sortir je voudrais qu'on sorte donnez-moi une fucking de grosse manif où je pourrais fucking gros frencher une fille engagée au su et aux sous parce que tout parce que tu parce que vu l'état des finances publiques vu l'état du public vu l'état du vu vu tout qui vous tue on ne peut plus rien se permettre sans faire des sacrifices humains et moi je voudrais qu'on sorte pour voir des rafales et des routes barrées par la tempête mais en réalité j'ai ce corps commun ce corps d'emmitouflé qui a peur de geler je suis trop vedge végétal affalé comme un million de gens dans un million de salons qui ont envie de vivre sans tenir un drapeau et qui pensent à leur sécurité en zappant la poudrerie des nouvelles internationales.

*

Des scies avec des raies avec des riens. En réalité j'ai rien à dire on dirait sur le sujet quoi faire pour que ça s'améliore et savoir en quoi le savoir sait qu'il sait qu'il pense qu'il s'assoit qu'il change de poste qu'il se gratte la poche et qu'il attend la pause commerciale pour aller pisser toute cette science qui a comme pris congé de la télé je verrais bien marx à tva et gramsci à radio-canada et sartre et camus au canal évasion avec un chapeau de paille sur la tête et de la crème solaire sur le bout de leur nez coquin pendant que des irakiens se font tuer dans une file d'attente devant le bureau de chômage il y a des bouts de corps partout je veux celui-ci je veux celui-là un beigne fourré à l'ancienne un boston chocolat et une roussette tiens au tim horton de kandahar la boîte est pleine ma tête est vide le soleil se lève au bout de la rue dans laquelle je marche inconsciemment je suis seul mais je l'imagine très bien je prendrais sa main dans la mienne je rentrerais mes doigts entre les siens elle rentrerait sa langue entre mes lèvres je rentrerais ma main dans sa jupe qui tomberait comme toute seule en pleine rue elle la remonterait et m'entraînerait dans une cour pour un cours privé de comment jouer au docteur dans la rosée d'une pelouse tellement taillée fraîche et rase qu'on jurerait qu'on aurait quinze ans que l'école serait finie et qu'il n'y aurait rien d'autre à foutre que de se balancer sans sous-vêtements et je jouirais pas fort mais juste assez pour qu'on entende une porte patio rouler et qu'on se mette à courir n'importe comment en perdant notre linge en chemin et la misère du monde entier pourrait bien aller se rhabiller ce n'est pas les vêtements qui manqueraient sur les pelouses à cinq heures du matin ce ne sont pas les propositions qui manquent devant la télé ce ne sont pas les petites scènes imaginées qui manquent ce n'est pas le sexe ni le cul ni les yeux ce n'est pas le pied ce qui me manque c'est une scène avec une main qui me retiendrait de basculer dans le rien c'est une langue qui me force la bouche c'est un corps qui me permettrait de me sentir chez moi.

*

Sans histoire. L'histoire du temps des fêtes c'est que ma lèvre était restée collée au poteau de la patinoire l'histoire du chalet c'est que je m'étais brûlé parce que les saucisses des hot-dogs étaient trop chaudes l'histoire de québec c'est que j'avais perdu une dent dans le funiculaire et mon histoire à moi c'est regarder les nouvelles en silence la bouche fermée moi j'écoute les nouvelles moi je suis informé moi je suis tout simplement outré quand c'est la guerre en irak en afghanistan au liban ou ailleurs moi je fulmine quand on gaspille ou qu'on pollue je suis à cran juste comme il faut je sais ce qui se passe dans le monde moi mais je ne vais quand même pas me fourrer les mains dans la pourriture du bac à compost pour sauver la planète ou me taper deux heures d'autobus pour aller manifester devant l'ambassade des états-unis pour une fois qu'il fait beau une fin de semaine que je ne travaille pas je ne fais pas d'histoire je n'ai pas d'histoire ne pas avoir d'histoire me fait dire des choses comme ça c'est insensé mais cependant je cherche au plus profond de moi un minuscule reste de volonté que j'aurais pu préserver comme par miracle je cherche un sens au pastel des murs une explication aux stores assortis une raison de me tenir debout une raison de rester assis une raison à ce salon à ce divan et à ce corps mou qui respire encore devant cette télé avec des pantoufles aux pieds une chaîne au cou et la mort aux nouvelles je me cherche une histoire à raconter.

*

Sans littérature. Je marche longtemps dans le stationnement la porte s'ouvre automatiquement je passe des commis des gérants des clients et pendant tout ce temps je ferme ma gueule parce que speak white il est si beau de vous entendre parler du x-box 360 ou de l'augmentation de votre pouvoir d'achat speak white best buy and loud qu'on vous entende de boucherville à beauport pour enterrer le bruit de tous les os qui craquent quand me passe dessus le rouleau compresseur des privatisations et des baisses d'impôts speak bas prix parlez-nous de choses et d'autres parlez-nous de la semaine où on paie les deux taxes ou du concours gagnez vos achats visa speak grande liquidation nous sommes un peuple peu brillant mais nous sommes capables d'apprécier une offre qu'on ne peut refuser au future shop de mon quartier où je mets dans mon petit panier un lecteur dvd blue ray un ipod nano un volant pour mes jeux de course un mini frigidaire à bière et à l'os trop fucking neat hostie j'ai trente ans je sais que rené lévesque c'est un dude du temps des commodore 64 et michel chartrand je suis pas sûr mais je pense qu'il jouait pour les nordiques ou bien les expos mais je suis certain par-dessus tout que windows vista est full meilleur que windows xp j'ai une carte vidéo de la mort un joystick de la mort des subwoofers de la mort et québec libre tabarnaque bonne saint-jean de la mort qui s'arrête au magasin et qui tire le frein à main en souriant blanc sur blanc dans ce grand stationnement une étoile de mario bros entre les dents speak white and loud nous sommes un peuple inculte et bègue je suis ressorti du magasin et j'ai rien acheté.

*

Recul. Ostrumaplivli de cochons de crosseurs de saint-sacrements d'hosties de capitalistes je pourrais gueuler comme ça des soirs de temps des mots que moi seul comprends je pourrais me déguiser en vive la liberté ou reproduire la lutte des classes avec la salière et le beurrier traverser des jours de miettes de pain et m'immoler dans le toasteur profaner le jus poignarder le cheez whiz et faire semblant que je tords les cuillers de l'oppression par la seule force de ma pensée mais aujourd'hui tout le monde s'en fout de la révolte de la poésie de ce qui peut bien se passer dans les chaumières de ma province je veux des protocoles je veux des traités je veux des politiques plus justes je veux des projets de loi sensés parce que je voudrais au moins une fois me tenir debout dans ma cuisine franc noble et plein de liberté mais en vérité je suis moi-même et de la manière que ça s'organise ç'a bien l'air que si ça continue comme ça je mourrai enflammé dans la consommation car je ne suis pas dieu pour mes sourires secrets mais plutôt assis devant la télé pourrissant dans mon jus comme les autres.

*

CERTIFIED STOCK FRT /RR

PART (#) :	67861/2-06090
PART NAME:	Front door w/s
NON-CONFORMANCE :	Parts Too short
QPR NUMBER (#) :	8060-0-511-0020
PART CERTIFICATION ID :	Yellow ticket

CERTIFIED BY: CERTIFICATION DATE :

051A

QC VERIFICATION BY : (AT SUPPLIER LOCATION)

La Saint-Démoli. Tout le monde est malheureux tamdidelidelam et je suis épuisé mort en fuite de mon pays quétaine de ceinture fléchée de sirop d'érable de douze pieds de neige de drave de gigueux de diabétique d'emphysème de cancer de la prostate de la langue à terre oh je te crie mon pays je te chante je te gratte sur mon cul je te lis dans les grosses lettres rouges du journal de montréal ou de québec et je te bâille entre une joke de piscine une joke de les ados sont-tu épais les pauvres ça pue les tapettes dans leur marde et les arabes qu'ils s'en retournent donc chez eux s'ils sont pour tirer des roches aux femmes l'afghanistan ce carré de sable et ces enfants qui jouent tout le monde rit pendant qu'on est en fucking guerre avec un pays en ruine sans aucune raison et je perds en ruine contre moi-même je fête la saint démoli sur les plaines d'abraham j'applaudis fatigué je me saoule pour oublier je bâille en sang je m'endors devant la télé c'est le début de l'été sur ma rue les oiseaux les tondeuses les gicleurs j'ouvre la porte d'entrée je me réveille magané je mets le pied dehors mais je n'arrive pas à sortir d'un charnier fumant sur cette rue sans trottoir dans cette ville endormie il n'y aura peut-être pas de survivants.

*

Le dortoir. De gatineau à gaspé l'important ce n'est pas le taux de croissance le produit intérieur brut ou les accords commerciaux de gatineau à gaspé on ne croise pas des chiffres on croise des gens des gens fiers de leurs racines et de leurs accomplissements des gens accueillants qui ont le cœur à la bonne place des gens honnêtes des gens accueillants mais des gens fatigués les yeux petits du monde qui se couche de bonne heure parce qu'il faut qu'ils partent de bonne heure le lendemain il est onze heures et les gens de mon pays sont tous en pyjama se sont brossé les dents et se préparent à aller se coucher et ça attend les résultats sportifs pour fermer la switch à la baie james tirer la couverture sur le fleuve majestueux et mettre le dentier dans les chutes montmorency de lévis à baie-saint-paul de fermont à sherbrooke ça bâille dans les chaumières et ça s'étire juste au moment où on se préparait à monter le volume à danser comme des perdus à se mettre à crier et à se frencher sur le divan au sous-sol je n'habite pas une rue mais un corridor je n'habite pas une banlieue mais un dortoir je n'habite pas un pays mais un peuple en robe de nuit.

*

Ronfler manifeste. Oui il y en a des raisons à la victoire libérale oui il y en a des raisons à la pauvreté au chômage aux taudis oui il y en a des raisons et les gars de laval les connaissent les citoyens de saint-bruno les skieurs des laurentides les golfeurs des deuxième et troisième couronnes les connaissent eux aussi ces raisons oui il y en a des raisons pour que vous madame lemay de saint-hyacinthe puissiez vous payer des petits voyages à varadero comme le font avec notre argent tous les sales juges et députés les travailleurs mexicains le savent les travailleurs indonésiens le savent les travailleurs de tous les pays du sud le savent et même certaines personnes que je connais le savent on ne tient pas longtemps dans la misère et le mépris un peuple en réveil mais mon peuple est retourné se coucher je me tiens debout au milieu de l'allée de cette cité dortoir j'entends ronfler et je m'habitue dans la tristesse et le dédain à l'idée que même si un jour mon peuple en vient à se réveiller ça ne va pas du tout s'améliorer.

*

Bébé plein de miel. Comme un bébé qui sait plus ni marcher ni parler qui étouffe dans sa couchette tire la couverte et allume la veilleuse parce que non non comme un bébé plein de miel dans sa chaise haute qui beurre tout ce qu'il touche de ses mains collantes non non je ne pense plus qu'il est encore possible de se retirer de ce rêve mou et sucré dans lequel je suis venu au monde alors il ne me reste plus qu'à beurrer de mes mains collantes au moins la moitié de cette ville propre des rues impeccables avec des gens propres c'est à celui qui éclatera le premier dans sa blancheur immaculée et moi je suis peut-être un nord-américain moyen mais je jure que je ne vivrai pas la grosse vie sale avant de m'être rappelé l'image ridicule d'un peuple propre et langé qui est prêt à se coucher le mobile est crinqué la couverte aux québécois et l'oreiller dans la face j'étouffe silencieusement dans ma chambre animée par la veilleuse péquiste le mobile adéquiste et le nounours libéral j'ouvre la télé soir après soir et pas la trace d'un monstre au moins dans le garde-robe seulement des chemises de nuit une paresse sans nom et un coffre à jouets un reer n'est pas un jouet un placement n'est pas un jouet une baisse d'impôts n'est pas un jouet et pourtant assis par terre je bave et je gazouille je trottine et je fourre mes mains collantes et crasses sur des draperies à huit cent piastres.

*

La roue chanceuse. Comme si on avait encore besoin du supplice de la roue de squelettes au bout d'un pieu au coin des rues avec la boue le brouillard les corbeaux qui picorent et il pleure au canal météo comme il pleut sur mon patio c'est-à-dire gris et plate c'est-à-dire mal c'est-à-dire que j'habite dans un pays plein de spéculateurs qui appellent la police quand il y a trop de bruit parce que ça dévalue sensiblement la valeur de leur investissement immobilier j'habite aussi un pays peuplé de gens qui utilisent leur capital humain pour optimiser leur réseau d'influence et c'est moi qu'on regarde parce que j'ai l'air d'un criminel parce que je sors marcher en pleine nuit quand je fais de l'insomnie et que je bois systématiquement pour oublier à quelle adresse j'habite et qu'on n'est plus au canada-les-droits-humains mais au canada-au-plus-fort-la-poche nous vivons un rêve au-dessus de nos moyens il manque des lettres il manque des cases je retourne le problème de tous les côtés mais je n'arrive pas à le solutionner alors je tourne la roue chanceuse en espérant qu'elle dérape et qu'on se paie un vrai spectacle.

*

On exclut la personne qui parle. C'est tellement fier de son pays ça pense vivre dans un québec vert progressiste ouvert sur le monde et absolument non conservateur désintéressé du profit ça pense avoir une identité distincte ça pense avoir un système absolument démocratique une culture en santé et une langue bien vivante mais sur cette rue où j'habite on parle en français mais on pense en argent on écoute des publicités on lit des circulaires et des catalogues on court les spéciaux on va dans le sud à forfait et on vote pour les gagnants car c'est l'économie globale qui décide à notre place on voudrait recycler économiser l'eau on voudrait prendre le métro on voudrait manger bio équitable terroir et santé mais on est trop fatigué quand on revient de travailler on prend une douche de vingt minutes on se fait venir du pfk et on passe nos soirées devant la télé à gueuler que tout est de la marde que rien ne fonctionne que rien n'est plus comme avant dans le temps qu'il y avait des vrais chefs des vraies élections des vrais problèmes quand il y avait juste six clubs au hockey et qu'on savait se tenir debout et définitivement étonnamment dans l'hébétude la plus complète comme pour la première fois de ma vie j'ai la grammaire de mon côté et ça fait rien que commencer.

*

Cette émission s'adresse à un public de tous âges. Hé qu'on l'aime donc notre quartier tout fleuri avec toutes ses familles ensoleillées qui nous envoient la main coucou est-ce que vous allez bien mais voyons ce ne serait pas votre fils ça mais il a donc bien grandi madame monsieur qui butinent les meilleurs prix qui envoient au privé leurs enfants qui trouvent que la religion catholique avait quand même des avantages qui polluent comme dix qui votent pour des baisses d'impôts parce qu'ils en veulent plus dans leurs poches à la fin de l'année et la sous-traitance hé que c'est donc festif estival sexy le libre-échange en bikini montre-moi tes seins montre-moi tes états de compte montre-moi ce que t'as derrière la tête est-ce que s'il vous plaît je pourrais rien qu'une fois voir des images de mon quartier comme moi je le vois parce qu'ils nous passent toujours les mêmes images inoffensives et usées qu'on a déjà vu cent mille fois passez-nous donc des nouvelles séquences de vieux qui explosent et d'enfants qui perdent leurs bras en fouillant dans des machines je veux voir des lacs d'eau huileuse d'amérique du sud ou d'afrique et le drapeau canadien qui flotte sur le devant de l'usine j'exige de voir soir après soir les conséquences du libre-échange des montagnes de déchets avec des mères de famille qui fouillent dedans des grenouilles déformées et des forêts rasées pourriez-vous nous passer au moins une fois un bon reportage de famille qui se prive de se laver parce que l'accès à l'eau potable a été privatisé par les fonds de retraite de mon pays et par-dessus tout je voudrais voir à drôles de vidéos les grands-parents de mon quartier se péter une hanche sur le trottoir glacé en revenant de chercher les dividendes du fonds de pension qui a fait déménager l'usine je veux voir des accidents de v.u.s. des yachts en feu des gestionnaires se faire violer je veux du sexe du sang du bruit et de la justice pour les plus pauvres mon sac de pop-corn est chaud ma caisse de bière est prête le téléphone est débranché alors ce soir forcez-vous le cul et donnez-moi de la bonne télé.

Nouvelles régionales

Au bois dormant. Yo yo je fais pas de bruit je rentre dans le moule et je me tais yo yo je ne sens le besoin de cracher sur personne seulement celui de me coucher à mon tour mais les rues les stationnements les pelouses fraîchement coupées sont pour moi des lits d'épines l'air qu'on respire est pour moi un lit d'épines magazines armoires de cuisine en mélamine piscines les lèvres gercées les yeux rouges et cernés je me cherche un rêve à squatter je souris je suis gentil je suis un garçon poli mais je suis aussi la princesse au petit pois qui n'a pas pu dormir et qui pousse son panier dans les allées du marché à la recherche d'un petit coin où se blottir quelque chose comme dans l'espace vide entre les boîtes de conserve et le fond de l'étagère pour hiberner loin de la saison des idées du libre marché d'en avoir plus dans ses poches à la fin du mois et d'être écœuré de payer pour les autres je ne sais plus où me mettre tellement je suis découragé des gens que je croise la télé reste allumée jusque très tard dans la nuit les nouvelles sont pourries je croque la pomme et le ver je me pique au fuseau de la sorcière mais rien n'y fait je n'arrive pas à dormir le bois dormant a été rasé pour construire ce nouveau développement où je demeure la princesse fatiguée qui a perdu sa campagne je suis la princesse des châteaux en espagne.

*

Cité-parking-dortoir. Ça trouve le monde violent ça voudrait plus d'ordre des lignes jaunes sur de l'asphalte noir et moi je suis tellement brouillon dans ma manière de me stationner de reculons en laissant des marques sur les voitures à côté mauvais conducteur mauvais quartier mauvaise journée je voudrais me sortir d'un mauvais rêve mais je suis déjà réveillé et tellement fatigué que c'est dormir que je voudrais dans la rue dans l'entrée dans le drive-through du service à l'auto du mcdo sur les caissières et les gérants du salaire minimum à tellement ronfler que la bave m'en coulerait de la bouche sur les beaux big mac frais je suis improductif et inutile alors jetez-moi jetez-moi avec les frites molles aux goélands que je m'envole en morceaux d'une poubelle à l'autre gatineau saint-bruno burger king pfk scores le bifthèque dans le stationnement il y a des lumières mais il fait tellement jaune et noir dans ma province-dortoir et je me débats tellement fort tout ce que je voudrais ce serait me réveiller d'un coup et rire comme un fou des traces de grandes chaînes sur mes joues.

*

Zonage. Je sens je goûte j'entends je touche le journal je vois et je lis qu'on n'arrête pas de dézoner des champs pour construire des quartiers des grandes surfaces des stationnements adieu champs de choux sillons grenouilles tracteurs silos je ferme ma main ça fait un poing et quand je fais toc toc sur l'asphalte on espère entendre le qui est là de toute cette terre en jachère mais ça n'arrive pas ce qui arrive ce sont les camions de livraison et les voitures de clients qui font battre le cœur rayonnant de la vie du pouls de la fierté de l'essor du moteur économique d'une fourmilière en tenue de soirée qui sourit qui sent propre qui goûte le savon mou et sucré le jet d'eau mousse le chamois broute l'herbe les lave-autos sont regroupés en troupeau céline dion sur une affiche surgit et attrape d'un coup de patte un jeune panier d'épicerie trop aventurier c'est la dure loi des stationnements toc toc toc qui est là j'ai l'oreille collée sur l'asphalte chaud et craqué et je crois que je ne survivrai pas à cette jungle insensée.

*

Saleté du stationnement. Qu'est-ce que le printemps qu'est-ce qu'un eider un junco ardoisé une sarcelle ou le frais ou l'humide ou ma langue qui perce lentement des lèvres à deux minutes de la campagne à deux minutes de la ville à deux minutes du centre d'achats mais pas moyen d'aller nulle part à pied je ne sais pas bien conduire seulement marcher donc dans cette banlieue je suis à des heures d'aller quelque part donc je n'ai pas de voiture donc je ne suis personne dans un stationnement donc je rampe sous les carrosseries les taches d'huile je gratte je grince et je guette les pieds des clients marchant vers le progrès le mieux-être la lumière je les vois s'affairer mais je n'ai rien à faire je les vois être et aller nulle part mais si je ne

Felix et cibaulette

suis pas je ne peux donc aller que par terre comme un déchet un mégot dans la face des petites roches dans les cheveux je voudrais être heureux d'être capable de vous raconter ce que c'est que de vivre écrasé contre le sol humide et frais fourmis poussière claytonies perce-neige scarabées qui montent dans mon cou sur mes lèvres et me chatouillent les narines mais je n'y arrive pas donc je ne suis pas car je suis toujours à deux minutes des commodités à dix secondes de rallumer la télé mais à toute une vie de parler de ce que je suis.

*

Questions pour un champion. On ne se bat pas pour la justice on ne se bat pas pour la paix on ne se bat pas pour la fin de la misère on se bat pour avoir une vie simple et intègre sentir un peu d'unité entre ce qu'on voit et ce qu'on fait et sentir qu'on existe un petit peu en soi et pour soi mais sans justice ni monde sensé c'est un combat perdu d'avance remplir le vide est une dépense prendre la parole est un silence et à la question penses-tu qu'on devrait acheter des sacs de lait au lieu des cartons je réponds je ne sais pas à la question combien de temps ça prend pour finir un carton de lait je réponds je bois un peu plus de lait ces temps-ci à la question le libre-échange a affamé les mexicains les plus pauvres et les canadiens les moins éduqués je réponds j'aimerais ça acheter du café équitable mais ils ont dit dans un reportage qu'il ne fallait pas se fier aux étiquettes parce que des fois c'était juste du marketing question : les mères afghanes crient de désespoir quand elles apprennent qu'un de leurs fils s'est fait tuer par erreur à un barrage canadien réponse : penses-tu que ça ferait beau une photo de minou dans la salle de bain question : la déforestation les exterminations massives la monoculture les catastrophes naturelles les ours polaires les baleines les glaciers les allergies l'asthme réponse : je pense que je vais me mettre à marcher plus ça va me mettre en forme question : mon corps en ruine dans un stationnement je panique je me griffe et me gratte pour un robinet qui coule et que je n'arrive pas à réparer l'asphalte est noir le soleil est blanc les arbres sont verts et les familles heureuses marchent en souriant en direction de leur voiture réponse : ça ne s'arrêtera jamais ça ne s'arrêtera jamais de couler il faudrait penser à appeler un plombier.

*

Il faut rénover la société. Derrière le stationnement du centre de rénovation des vrais pros le plus propre le plus proche le propane les arbustes la cour à bois et moi à trente ans je n'ai jamais appris autre chose que de m'écraser à côté de mon dix vitesses dans l'herbe quand il faisait très chaud et que le soleil tapait je ne pensais à rien je mâchais mon brin d'herbe j'écoutais le bruit du trafic et je passe soudainement la porte automatique jusqu'au comptoir de service pour exiger l'impossible pour tout le monde dans tous les rayons et à un prix qu'on ne peut même pas se payer je crie dans le magasin que je veux la fin du profit la décroissance et la libre circulation pour tout le monde dès maintenant je revendique j'exige et j'attends le gérant je veux qu'on réponde je veux qu'on me serve et je reste immobile comme à quinze ans avec mon brin d'herbe les mains derrière la tête je suis tout rouge tandis que le soleil tape sur tout ce qui bouge.

*

Un loup-garou bien informé. On se fait répéter qu'on ne peut rien changer à la nature du très beau sacro-saint plus parfait commun multiple de la majorité démographique qui répète qu'on ne peut plus se payer le gel des frais de scolarité le système de santé on ne peut plus rien se payer sinon le plus beau taux de suicide le décrochage et la dépression et vous pouvez bien croire que ça m'amuse d'adopter cette attitude négative déprimante contre-productive mais en réalité je pédale et je panique comme tout le monde à l'idée qu'il ne va rien se passer encore une fois faire le plein chez esso faire le vide partout ailleurs le magasinage la relaxation ou la marche à pied ne changeront rien au fait que je suis incapable d'arrêter de penser que ces images de misère de tensions et de conflits qui me traversent le corps me minent qu'il me pousse des griffes et des dents et que je hurle à la recherche d'une balle en argent pour me tirer une bonne fois pour toutes hors d'ici dans cette vie normale loin de laquelle je me suis égaré un bungalow un barbecue avec mon tablier world's best cook et ma petite bière en arrivant de travailler je voudrais saisir une spatule tourner une boulette de steak haché et glisser ma main sur le cul de ma petite femme mais je me réveille encore une fois en pleine nuit sur un banc de neige dans un stationnement désert et je ne sais plus qui je suis ce que je fais ici si j'ai tué des enfants si j'ai fait des ravages et tout le monde me fuit dans les rues de mon village.

*

Destination monde. Je pourrais partir faire le tour du monde rencontrer des allemands dans un hôtel de quito me faire arnaquer dans un quartier mal famé de kiev passer une nuit agrippé à mon sac à dos dans un terminus d'autobus de hanoi je pourrais partir mais on finit toujours par se retrouver dans un stationnement d'aéroport ou d'hôtel l'asphalte nous retrouve tout le temps je pourrais tout quitter mais on ne quitte jamais son porte-monnaie sa main qui le tient son bras son corps entier surtout lorsqu'il est déjà traversé par la complexité de tout ce qui arrive l'atmosphère d'un marché une mère qui prépare à manger des chômeurs dans un café l'édentée du village le contraste entre le mode de vie traditionnel et la technologie me ramène aux détecteurs de métal aux caméras de surveillance aux questions indiscrètes et à mon corps qui se contraint à sourire le plus sincèrement possible à baisser la tête à admettre tous ses torts et sous aucun prétexte je ne peux devant l'actualité détourner les yeux comment se dire adieu à soi-même à ce cœur de pyrex à ce cerveau en kleenex phentex celebrex stainless de peau où rien ne colle où tout se vaut je suis jeune je suis fort je suis beau je saisis le monde à bras le corps et je suis plus seul que seul avec moi-même je suis seul avec le reste.

*

Syntax error. On a eu une enfance de la mort une adolescence pleine de rebondissements on a fait des études brillantes on s'est trouvé des jobs de rêve et maintenant l'avenir nous sourit prospérité sécurité amour famille succès mais on sent pourtant derrière quelque chose de sinistre je passe des heures à penser et je sens bien que ça ne donne rien de plus que de me fragmenter plus avant au point que mon bras gauche est aussi loin de mon bras droit que le canada de l'afghanistan mon pied de mon nez de mon petit doigt de ma main de mes cheveux de l'armée dans le désert de maintenant de l'armée dans montréal dans le temps du flq et maintenant je ne sais pas ce que je fais dans mon salon à regarder la télévision avec mon sandwich aux tomates en attendant un reportage sur la marmotte qui a vu son ombre quand la censure le racisme et le mépris sont de retour ils insistent pour me parler des nids de poule des petits voleurs et des prédateurs sexuels en probation quand j'ai de la difficulté à marcher parce que je ne comprends plus mes pieds pendant que les horreurs continuent que les ordures s'accumulent et que la plus petite partie de la population mondiale se magasine un reer pendant que l'autre constate en silence qu'il y a la guerre le chômage et entre les deux j'essaie de connecter mais rien ne semble fonctionner je ne connecte rien avec rien ni personne même si je trouve toujours tout ce que je cherche je trouve le salon grand je trouve la maison vaste je trouve le monde immense les horreurs continuent les images s'accumulent et la misère en costume de fée donne des coups de baguette à gauche et à droite en voltigeant indifféremment d'une image à l'autre oh oh que c'est donc beau un cornet de crème glacée en plein été une fête foraine un avion qui décolle une station-service propre un oléoduc un train de marchandise un bateau de réfugiés une file de chômeurs une ceinture d'explosifs un bras arraché un peu de fumée une bouffée de chaleur une respiration qui s'accélère un genre de nausée arrivée en pleine allée dans une épicerie grande comme une ville dans ce tombeau vaste comme mon cerveau où j'ai cherché sans résultat pendant des heures l'image photographique de cette fille de l'université jeune et enjouée spirituelle et enragée avec qui j'avais dessiné il y a des années des tracts tragicomiques pour le sommet des amériques votre système court un risque vous devriez défragmenter votre disque.

Nouvelles locales

Laissez-nous le plaisir de vous assigner une place. À l'heure du souper le vendredi de a à doublevé st-hubert et subway da giovanni pacini piment rouge pizza hut d'un stationnement à l'autre l'asphalte craqué l'herbe essaie de percer le vent est chaud les lampadaires s'allument les portes du restaurant s'ouvrent les papiers de bonbon volent les enfants sucent et les parents grossissent tout le monde est plein ça pue l'ail et la friture et pourtant sans verdure on crève on se brûle lentement les ailes de poulet barbecue au gratiné du stationnement je frétille dans mon gras je sue et je me tiens muet à la porte d'entrée ou derrière contre le mur du restaurant ou au milieu du stationnement deux petits lézards amoureux qui s'appelaient mathieu et rosemarie se battaient pour leur survie et n'ont rien grappillé pas même un morceau de mouche ou de vermisseau de sujet de discussion dans cet enfer car c'est le désert de la pensée avec des chaînes de restaurants du sable des dunes et des cactus et il est impossible de s'asseoi-a-a-ar.

*

L'incomparable mademoiselle r. Il n'y a pas d'arbre pas d'herbe pas de trottoir pas de fleur seulement des stationnements et pourtant sur un bloc de béton il y avait un jour une fille qui s'appelait rosemarie qui lisait au soleil un livre de dostoïevski tout l'après-midi on a parlé on s'est échangé nos courriers on s'est appelés on s'est revus et on s'est tombé dessus comme c'est à peine possible car son cœur n'est pas comme la pierre ses bras ne sont pas comme le lierre ses yeux ne sont pas comme un lac sa peau n'est pas comme le sable son corps n'est pas comme mettez toutes les comparaisons avec un objet de la nature que vous voulez moi je ne sais plus je ne me mouille plus je ne bouge plus je garde la bouche sèche sous le soleil d'après-midi je rougis à peine pour économiser mes forces dans la réalité non naturelle des stationnements des grands entrepôts et des bas prix de tous les jours pas d'herbe pas d'animaux pas de bois pas de puce pas de punaise sur ce lit d'asphalte je l'embrasse et je flotte à la surface.

*

Amor l'amort. Ne me quitte-moi il ne faut pas oublier parce que tout s'oublie déjà et le silence s'accumule pour la nation une minute de silence pour les soldats qui sont morts une autre pour d'autres soldats qui sont morts après les premiers une autre pour ceux qui ont eu un accident en allant voir où les autres étaient passés et au milieu de ce silence je n'arrive pas à trouver une minute de bruit pour crier ma joie d'avoir rencontré cette fille extra que je vis que je vois que je veux qu'on ne se peut plus qu'on s'aime qu'on tue vraiment trop à deux alors un jour ou l'autre moi aussi je vais tomber au front sur le plancher mort de n'avoir pas pu te rencontrer plus tôt les exigences de la saine société et j'exigerai alors une minute de silence pour fermer les yeux et embrasser sa bouche devant la télé dans ce salon dans ce pays en guerre ne me quitte-moi fais-moi me quitter quitte-toi quittons-nous tirons-nous d'ici car rosemarie est le nom de celle de qui je suis tombé en amort contre tout ce qui existe.

*

Ballade des paniers d'épicerie. Pour la fille que j'aime j'aurais pu passer mes journées à rôder au wal-mart pour trouver un cadeau qu'elle aurait pu garder toujours au milieu des bébelles qui pètent après une semaine et qui ne valent rien j'aurais pu chercher un chemin qui m'aurait ramené aux vraies affaires à une maison en campagne avec des poules et une vache de quoi de vraiment hot pour remplacer ma vie sur le pilote automatique et mon petit cœur de bakélite tout froid que j'ai laissé mariner dans le cendrier avec du change et des clés des petits coupons de bas prix jour après jour d'allée en allée je pourrais promener mon chariot mille après mille je suis triste mille après mille je m'ennuie sur la route à la barre de mon gros panier vide c'est pénible et c'est long car il n'existe pas ce chemin qui mène à la maison il n'y a pas de maison il n'y a que des cycles économiques acheter plus acheter moins et jeter tout ce qui est trop vieux à la poubelle et ma princesse chérie que je veux garder toujours s'il vous plaît tiens le coup jusqu'à la fin du jour je ne la vois pas encore mais la sortie je vais en trouver une car dans ma course petit poucet rêveur j'égrène tout ce que j'ai pour trouver quelque chose à dire j'égrène tout ce que je suis pour trouver quelque chose à te donner.

*

Ma militante. Dès que les grands titres sortent je serre les dents dès que les nouvelles commencent je me raidis j'ai chaud et je pense à sa petite taille à ses bas filets et à ses bottes d'armée en marche lentement on progresse gentiment on établit notre camp sur le divan on creuse des tranchées et on baise devant la télé parce que nos corps sont les plus beaux rescapés de la fatigue et de la misère sa langue me frôle la peau quand elle me chuchote au creux de l'oreille des fuck le profit des ça ne peut plus durer des autogestion et des nationaliser langoureusement à se jeter dans les rues par milliers les banderoles les bannières des kilomètres on marche des heures de temps on parle et nos arguments ont la peau fine comme du sable sous mes doigts sa langue qui me cherche j'attends une marche j'attends une grève j'attends la plage en plein salon la mer une serviette et un coca cola qu'arrive cuba 55 avec ma militante en bikini j'attends d'être fier de mon pays.

*

Saletés du stationnement 2. Dans les toilettes du burger king ça sent fort le chlore mais le fun pogne avec les rouleaux de papier pour s'essuyer j'essuie celle qui suit la scène déroule tout ce que rosemarie touche assis à la table le fun pogne avec les napkins en paquets de cent avec les petits sachets de ketchup je suis celui qui suit celle qui se lave viens que je te barbouille la face les employés crient dehors envoyez elle me renverse dans les plates-bandes de l'entrée il vente c'est l'été dans un parking propre bonjour salaud bonjour salope qui collant dans la rocaille prennent une petite semaine de congé de vingt minutes dans le paysage en ruine c'est le soudan d'un bouton détaché c'est l'afghanistan des mains serrées c'est l'irak des doigts quelque part au canada du silence en république de la fatigue qui tremble qui tremble.

*

Ma dulcinée. Ma chère rosemarie perle punk que je moudrais d'amour en fine poudre tu pourrais vivre dans la rue être vraiment sale malade et à moitié folle tout ça ne serait rien comparé à la petite étincelle de dissidence souveraine et sexy qui brille dans tes yeux taster's choice ma chérie me font voir le fond de la tasse comme si on pouvait y plonger pour y vivre comme don quichotte dans ses livres des moulins et des moulins à la maison où on passerait nos journées à caler des litres et des litres de café équitable et je serais tellement speedé que juste à y penser j'en dors pas depuis des semaines le soir au lieu de me retourner encore et encore dans mon lit je pense à toi je pense à nous et je calcule et recalcule les tasses qu'il nous reste à boire avant de mettre en faillite les multinationales et les ulcères que je fais sont comme des petits collants souriants sur notre carte de fidélité au reste de l'humanité.

*

Classique québécois. Je voulais lui parler du monde de monsieur ripley mais ça ne joue plus de m'as-tu lu mais ça ne joue plus du véro show d'au-delà du réal des rois de la pop des super mamies mais plus personne ne se souvient de rien de ce qui jouait à la télé avant cette année il faut toutes mes énergies pour retenir ce que ce que je suis en train de dire veut dire et je passe des jours entiers à me débattre pour me rappeler les noms des gens les histoires et les affaires qui font les nouvelles qu'est-ce qui reste une fois que la télé m'a réduit en cendres tous ces noms et nous on était dans notre salon et on s'est dit cette fois ça suffit la politique de la terre brûlée ne prendra plus sur nous on a juré de se cultiver même s'il faut que gaston miron passe à la poule aux œufs d'or que paris hilton joue dans une pièce de michel tremblay et que réjean ducharme gagne star académie on va s'accrocher même s'il reste seulement quelques phrases d'un roman formaliste indéchiffrable ou un petit poème tordu qui rime même pas cré misère de batèche que je vous garroche mes volées de pantoufles de haine en plein milieu de l'écran plat pendant les nouvelles culturelles je suis prêt à tout donner pour qu'on se rappelle encore dans cent ans ce qui se passait du temps où on ne pouvait vivre et penser en même temps.

*

Dring dring paow paow. À la télé toute la soirée on se téléphone et on se tire dessus moi je n'ai pas de pistolet personne ne m'appelle et ce que j'écris est complètement dépassé parce que les gens sont tellement habitués de lire des scènes cinématographiques passionnantes avec des gens qui se disent des choses graves que si je faisais un scénario pour la télé ce ne serait pas un succès parce qu'il y a juste un personnage qui se parle tout seul tout le temps et c'est totalement irréaliste qu'on puisse se parler comme ça tout seul parce qu'en réalité devant la télé dans le stationnement ou dans la file pour payer on garde le silence tout le temps et c'est dépassé de mettre en texte ses états d'âme compliqués parce qu'il n'y a plus d'état il n'y a plus d'âme il n'y a que des ânes qui braient et qui ne cessent de braire parce que débrayer et faire la grève n'est plus pensable parce que tout ce qui est pensable c'est déblayer son entrée pour laisser l'auto passer pour que tous ces ânes qui reviennent de travailler puissent écouter en silence leur télé où des personnages totalement irréalistes se disent des choses insignifiantes au téléphone en se tirant dessus et en voyant cela je reste coi devant mon écran avec un crayon entre les dents j'écoute mon corps je touche tes doigts je touche ta main je trace mon chemin sur ton corps ce papier chaud qui ride cette surface qui vieillit ce matériau qui pourrit.

*

Lettre mot phrase. On ne reçoit jamais de lettres seulement des comptes des circulaires d'épicerie et des offres qu'on ne peut pas refuser c'est tellement déprimant de dépouiller son courrier que j'ai décidé de t'écrire une lettre dans trois deux un zéro ma chère rosemarie l'autre jour j'ai vu un peu sur internet françoise david michel chartrand michel foucault gilles deleuze toni negri et tout un tas de gens qui n'ont pas changé grand-chose dans l'histoire du monde mais qui me semblent des individus tellement sages et sensés que j'aurais voulu être leur ami alors à défaut de les avoir connus je suis tout aussi heureux de t'avoir rencontrée et d'écrire une lettre qui ne soit pas licheuse d'un fan fini à une personnalité impressionnante mais une lettre de moi à toi comme signe que non non notre génération ne sera pas scrapée par une gang d'innocents racistes sur les bords avec du gel dans les cheveux et des chemises à deux cents piastres la grosse musique dans le tapis de leur grosse auto de l'année qui pensent juste au cash pis au cul ainsi qu'une trâlée de pitounes star académie avec leurs gros talons et leurs pantalons moulants qui pensent juste à accroître leur pouvoir d'achat merci bonjour j'ai les dents serrées et les lèvres crispées mais je suis encore capable de t'embrasser tout doucement il pleut c'est tout gris je t'aime et aujourd'hui c'est le début de l'hiver ce qui ne veut rien dire surtout pas que les nouvelles sont bonnes mais je souris parce que c'est tellement un plaisir de dire n'importe quoi de crier de crier de courir d'une image à l'autre en faisant des phrases pas possibles et je sens bien que ça ne règle rien que nous n'arriverons jamais à rien avec ce genre d'attitude mais c'est précisément pour cette raison que nous le faisons pour arriver à toucher quelque chose de notre époque poser un doigt sur un écran sur le monde sur ta peau bien à toi mon amour pour toujours et c'est signé mathieu ton fan infini.

*

L'extrême gauche. Comme dans un vieux film intello de la nouvelle vague en noir et blanc on passe nos journées au lit à lire les journaux et à parler je t'aime plus tu m'aimes plus on en veut plus et je désirerais plus que tout ma chérie sur un champ de bataille ou sur les barricades à parler élégamment de tout ce qui est important et c'est ta bouche que je saisis ta main que je place mon lit que je défais et le courrier international reposant délicatement sur tes délicates mains ça c'est jeune afrique l'intelligent sur tes délicats seins ça c'est un courrier diplomatique sur les pays émergents et ça c'est le tour du monde en quatre-vingts secondes haletant comme pour la première fois tu respires fort je respire fort et on se croit presque quand on se dit en se frôlant l'oreille que nous allons nous abîmer dans nos idées immatures impraticables inapplicables il est illogique de penser que ça va s'améliorer au niveau qu'on imagine comme il est irréaliste d'affirmer que notre passion va se figer intense et parfaite pour le restant de notre existence parce que quand le bout de ma langue touche à ton épaule elle touche pratiquement à celles de la majorité démocratique qui aurait pensé par elle-même que ça ne peut plus durer encore longtemps de cette manière de cette histoire de cette jolie chambre c'est rouge c'est orangé c'est parfaitement éclairé le soleil entre par la fenêtre je pourrais poser des bombes voler des banques kidnapper des enfants je pourrais être de cette extrême gauche bruyante et grossière mais avec ce corps en miettes et ce cerveau en bouillie je n'arriverai jamais qu'à parler de ce que j'ai vu à penser ce que je dis et à poser mes doigts sur tes joues et à mordiller doucement les lèvres de l'extrême délicatesse.

*

Amateur de viande. Qu'est-ce qui bouge le cul des andalouses c'est l'amour qu'est-ce qui hache son chemin vers le pouvoir à la machette c'est l'amour qu'est-ce qui pue dans le charnier même s'il avait été bien enterré c'est l'amour l'amour pour sa patrie l'amour pour son chef de section l'amour pour son pouvoir d'achat l'amour pour sa famille qui fait fermer la télé à l'heure du souper mitraillettes ak-47 couteaux fourchettes assiette tiens c'est prêt passe-moi le sel coupe la viande et mange même si t'as pas faim je ne peux plus rien garder sinon mes yeux pour te regarder encore et encore détailler chaque image des nouvelles et t'y reconnaître et te toucher dans notre charnier d'images enterrées les unes sur les autres nos carcasses du rouge au violet persistent l'une contre l'autre contre toute logique contre ma chérie je l'aime cette ambiguïté et ne veux plus être qu'amoureux cueillir des fleurs cligner des yeux et m'abîmer dans la viande humaine qu'est-ce qu'il y a au plus profond de notre cœur c'est des barres de couleur c'est de la neige c'est noir c'est blanc c'est rouge c'est l'amour moure moure.

*

Je t'aime tellement de morts. Ma chérie lit le journal mais moi je lis les images et son visage m'est écrit dans une langue familière comme le reste des corps en braille que je lèche de mes yeux vu et que je lis de mes doigts pour y retrouver le confort étrange de saisir un peu mieux ce qui est en train de nous arriver l'état du monde sur l'avant-bras et dans sa main des nouvelles très loin ça va mal tout se fissure et ça braille de partout les morts les corps brûlés les mères éplorées les enfants maigres de partout m'approchent je sens l'os sous la peau et son visage m'est familier quand je glisse machinalement un doigt sur sa joue je sens le sang dans ton cou je sens que je t'aime tellement rosemarie que les corps du monde entier viennent s'échouer entre nous deux sur le divan les réfugiés du darfour de palestine ou du liban approchent leur visage de l'écran chaud c'est du sable sur peau sale et l'inquiétude de ne pas savoir combien de temps on va durer dans l'actualité complète de nos corps qui nous fait nous aimer encore plus fort et crier en baisant à réveiller les morts.

Récits et romans
aux Éditions Triptyque

Allard, Francine. *Les mains si blanches de Pye Chang* (roman), 2000, 156 p.
Andersen, Marguerite. *La soupe* (roman), 1995, 222 p.
Anonyme. *La ville: Vénus et la mélancolie* (récit), 1981, s.p.
Arsenault, Mathieu. *Album de finissants* (récit), 2004, 142 p.
Arsenault, Mathieu. *Vu d'ici* (roman), 2008, 97 p.
Association des auteures et auteurs des Cantons de l'Est. *En marge du calendrier* (anthologie), 1994, 128 p.
Bacot, Jean-François. *Ciné die* (récits), 1993, 133 p.
Beaudoin, Daniel-Louis. *Portrait d'une fille amère* (roman), 1994, 102 p.
Beaudoin, Myriam. *Un petit bruit sec* (roman), 2003, 116 p.
Beccarelli Saad, Tiziana. *Les passantes* (récits), 1986, 88 p.
Beccarelli Saad, Tiziana. *Vers l'Amérique* (roman), 1988, 96 p.
Beccarelli Saad, Tiziana. *Les mensonges blancs* (récits), 1992, 71 p.
Bensimon, Philippe. *Tableaux maudits* (roman), 2007, 172 p.
Bereshko, Ludmilla. *Le colis* (récits), 1996, 152 p.
Berg, R.-J. *D'en haut* (proses), 2002, 75 p.
Bessens, Véronique. *Contes du temps qui passe* (nouvelles), 2007, 137 p.
Bibeau, Paul-André. *Le fou de Bassan* (récit), 1980, 62 p.
Bibeau, Paul-André. *Figures du temps* (récit), 1987, 112 p.
Bioteau, Jean-Marie. *La vie immobile* (roman), 2003, 179 p.
Blanchet, Alain. *La voie d'eau* (récit), 1995, 76 p.
Blouin, Lise. *L'absente* (roman), 1993, 165 p.
Blouin, Lise. *Masca ou Édith, Clara et les autres* (roman), 1999, 228 p.
Blouin, Lise. *L'or des fous* (roman), 2004, 265 p.
Blot, Maggie. *Plagiste* (récit), 2007, 64 p.
Boissé, Hélène. *Tirer la langue à sa mère* (récits), 2000, 188 p.
Boisvert, Normand. *Nouvelles vagues pour une époque floue* (récits), 1997, 137 p.
Bouchard, Camille. *Les petits soldats* (roman), 2002, 405 p.
Bouchard, Reynald. *Le cri d'un clown* (théâtre), 1989, 120 p.
Boulanger, Patrick. *Les restes de Muriel* (roman), 2007, 97 p.
Bourgault, Marc. *L'oiseau dans le filet* (roman), 1995, 259 p.
Bourque, Paul-André. *Derrière la vitre* (scénario), 1984, 105 p.
Bunkoczy, Joseph. *Ville de chien* (roman), 2007, 204 p.
Brunelle, Michel. *Confidences d'un taxicomane* (récit), 1998, 169 p.
Bush, Catherine. *Les règles d'engagement* (roman), 2006, 347 p.

Butler, Juan. *Journal de Cabbagetown* (roman), 2003, 262 p.
Caccia, Fulvio. *La ligne gothique* (roman), 2004, 153 p.
Caccia, Fulvio. *La coïncidence* (roman), 2005, 132 p.
Caccia, Fulvio. *Le secret* (roman), 2006, 217 p.
Campeau, Francine. *Les éternelles fictives* ou *Des femmes de la Bible* (nouvelles), 1990, 114 p.
Caron, Danielle. *Le couteau de Louis* (roman), 2003, 127 p.
Chabin, Laurent. *Écran total* (roman), 2006, 98 p.
Chabot, François. *La mort d'un chef* (roman), 2004, 108 p.
Champagne, Louise. *Chroniques du métro* (nouvelles), 1992, 123 p.
Chatillon, Pierre. *L'enfance est une île* (nouvelles), 1997, 125 p.
Clément, Michel. *Le maître S* (roman), 1987, 125 p.
Clément, Michel-E. *Ulysse de Champlemer* (roman), 1997, 155 p.
Clément, Michel-E. *Phée Bonheur* (roman), 1999, 283 p.
Clément, Michel-E. *Sainte-Fumée* (roman), 2001, 361 p.
Cliche, Anne-Élaine. *La pisseuse* (roman), 1992, 243 p.
Cliche, Anne-Élaine. *La Sainte Famille* (roman), 1994, 242 p.
Cliche, Mireille. *Les longs détours* (roman), 1991, 128 p.
Collectif. *La maison d'éclats* (récits), 1989, 116 p.
Corbeil, Marie-Claire. *Tess dans la tête de William* (récit), 1999, 92 p.
Côté, Bianca. *La chienne d'amour* (récit), 1989, 92 p.
Daigle, Jean. *Un livre d'histoires* (récits), 1996, 105 p.
Daigneault, Nicolas. *Les inutilités comparatives* (nouvelles), 2002, 134 p.
Dandurand, Anne. *Voilà, c'est moi: c'est rien, j'angoisse* (récits), 1987, 84 p.
Daneau, Robert. *Le jardin* (roman), 1997, 167 p.
Depierre, Marie-Ange. *Une petite liberté* (récits), 1989, 104 p.
Déry-Mochon, Jacqueline. *Clara* (roman), 1986, 84 p.
Désalliers, François. *Un monde de papier* (roman), 2007, 192 p.
Désaulniers, Lucie. *Occupation double* (roman), 1990, 102 p.
Desfossés, Jacques. *Tous les tyrans portent la moustache* (roman), 1999, 271 p.
Desfossés, Jacques. *Magma* (roman), 2000, 177 p.
Desrosiers, Sylvie. *Bonne nuit, bons rêves, pas de puces, pas de punaises* (roman), 1998 (1995), 201 p.
Desruisseaux, Pierre. *Pop Wooh, le livre du temps, Histoire sacrée des Mayas quichés* (récit), 2002, 252 p.
Diamond, Lynn. *Nous avons l'âge de la Terre* (roman), 1994, 157 p.
Diamond, Lynn. *Le passé sous nos pas* (roman), 1999, 200 p.
Diamond, Lynn. *Le corps de mon frère* (roman), 2002, 208 p.
Duhaime, André. *Clairs de nuit* (récits), 1988, 125 p.
Dupuis, Hervé. *Voir ailleurs* (récit), 1995, 211 p.

Dussault, Danielle. *Le vent du monde* (récits), 1987, 116 p.
Forand, Claude. *Le cri du chat* (polar), 1999, 214 p.
Forest, Jean. *Comme c'est curieux... l'Espagne!* (récit), 1994, 119 p.
Forest, Jean. *Jean Forest chez les Anglais* (récit), 1999, 168 p.
Fortin, Julien. *Chien levé en beau fusil* (nouvelles), 2002, 152 p.
Fournier, Danielle. *Les mardis de la paternité* (roman), 1983, 109 p.
Fournier, Danielle et Coiteux, Louise. *De ce nom de l'amour* (récits), 1985, 150 p.
Francœur, Louis et Marie. *Plus fort que la mort* (récit-témoignage), 2000, 208 p.
Fugère, Jean-Paul. *Georgette de Batiscan* (roman), 1993, 191 p.
Gagnon, Alain. *Lélie ou la vie horizontale* (roman), 2003, 121 p.
Gagnon, Alain. *Jakob, fils de Jakob* (roman), 2004, 166 p.
Gagnon, Alain. *Le truc de l'oncle Henry* (polar), 2006, 166 p.
Gagnon, Daniel. *Loulou* (roman), 2002 (1976), 158 p.
Gagnon, Lucie. *Quel jour sommes-nous ?* (récits), 1991, 96 p.
Gauthier, Yves. *Flore ô Flore* (roman), 1993, 125 p.
Gélinas, Pierre. *La neige* (roman), 1996, 214 p.
Gélinas, Pierre. *Le soleil* (roman), 1999, 219 p.
Gervais, Bertrand. *Ce n'est écrit nulle part* (récits), 2001, 90 p.
Giguère, Diane. *La petite fleur de l'Himalaya* (roman), 2007, 122 p.
Gobeil, Pierre. *La mort de Marlon Brando* (roman), 1989 (1998), 135 p.
Gobeil, Pierre. *La cloche de verre* (roman), 2005, 151 p.
Gosselin, Michel. *La fin des jeux* (roman), 1986, 147 p.
Gosselin, Michel. *La mémoire de sable* (roman), 1991, 140 p.
Gosselin, Michel. *Tête première* (roman), 1995, 156 p.
Gosselin, Michel. *Le repos piégé* (roman), 2000 (1988), 188 p.
Gray, Sir Robert. *Mémoires d'un homme de ménage en territoire ennemi* (roman), 1998, 188 p.
Guénette, Daniel. *J. Desrapes* (roman), 1988, 149 p.
Guénette, Daniel. *L'écharpe d'Iris* (roman), 1991, 300 p.
Guénette, Daniel. *Jean de la Lune* (roman), 1994, 229 p.
Harvey, François. *Zéro-Zéro* (roman), 1999, 172 p.
Jacob, Diane. *Le vertige de David* (roman), 2006, 155 p.
Julien, Jacques. *Le divan* (récits), 1990, 74 p.
Julien, Jacques. *Le cerf forcé* (roman), 1993, 174 p.
Julien, Jacques. *Le rêveur roux: Kachouane* (roman), 1998, 206 p.
Julien, Jacques. *Big Bear, la révolte* (roman), 2004, 230 p.
Kimm, D. *Ô Solitude!* (récits), 1987, 142 p.
Lacasse, Lise. *L'échappée* (roman), 1998, 216 p.
Laferrière, Alexandre. *Début et fin d'un espresso* (roman), 2002, 232 p.
Laferrière, Alexandre. *Pour une croûte* (roman), 2005, 120 p.

Lamontagne, Patricia. *Somnolences* (roman), 2001, 126 p.
Landry, François. *La tour de Priape* (récit), 1993, 88 p.
Landry, François. *Le comédon* (roman), 1997 (1993), 410 p.
Landry, François. *Le nombril des aveugles* (roman), 2001, 267 p.
LaRochelle, Luc. *Amours et autres détours* (récits), 2002, 124 p.
Lavallée, Dominique. *Étonnez-moi, mais pas trop!* (nouvelles), 2004, 121 p.
Lavallée, François. *Le tout est de ne pas le dire* (nouvelles), 2001, 173 p.
Laverdure, Bertrand. *Gomme de xanthane* (roman), 2006, 193 p.
Lebœuf, Gaétan. *Bébé... et bien d'autres qui s'évadent* (roman), 2007, 284 p.
Le Maner, Monique. *Ma chère Margot*, (roman), 2001, 192 p.
Le Maner, Monique. *La dérive de l'Éponge* (roman), 2004, 155 p.
Le Maner, Monique. *Maman goélande* (roman), 2006, 156 p.
Lemay, Grégory. *Le sourire des animaux* (roman), 2003, 110 p.
Lepage, Sophie. *Lèche-vitrine* (roman), 2005, 147 p.
Lépine, Hélène. *Kiskéya* (roman), 1996, 147 p.
Lépine, Hélène. *Le vent déporte les enfants austères* (récit), 2006, 114 p.
Lévy, Bernard. *Comment se comprendre autrement que par erreur* (dialogues), 1996, 77 p.
Lévy, Bernard. *Un sourire incertain* (récits), 1996, 152 p.
Maes, Isabelle. *Lettres d'une Ophélie* (récits), 1994, 68 p.
Manseau, Pierre. *L'île de l'Adoration* (roman), 1991, 180 p.
Manseau, Pierre. *Quartier des hommes* (roman), 1992, 207 p.
Manseau, Pierre. *Marcher la nuit* (roman), 1995, 153 p.
Manseau, Pierre. *Le chant des pigeons* (nouvelles), 1996, 167 p.
Manseau, Pierre. *La cour des miracles* (roman), 1999, 280 p.
Manseau, Pierre. *Les bruits de la terre* (récits), 2000, 176 p.
Manseau, Pierre. *Ragueneau le Sauvage* (roman), 2007, 264 p.
Manseau, Martin. *J'aurais voulu être beau* (récits), 2001, 144 p.
Martel, Jean-Pierre. *La trop belle mort* (roman), 2000, 238 p.
Martin, Daniel. *La solitude est un plat qui se mange seul* (nouvelles), 1999, 145 p.
McComber, Éric. *Antarctique* (roman), 2002, 175 p.
McComber, Éric. *La mort au corps* (roman), 2005, 303 p.
Ménard, Marc. *Itinérances* (roman), 2001, 242 p.
Messier, Judith. *Jeff!* (roman), 1988, 216 p.
Michaud, Nando. *Le hasard défait bien des choses* (polar), 2000, 216 p.
Michaud, Nando. *Un pied dans l'hécatombe* (polar), 2001, 241 p.
Michaud, Nando. *Virages dangereux et autres mauvais tournants* (nouvelles), 2003, 181 p.
Michaud, Nando. *La guerre des sexes* ou *Le problème est dans la solution* (polar), 2006, 289 p.
Monette, Pierre. *Trente ans dans la peau* (roman), 1990, 112 p.

Moutier, Maxime-Olivier. *Potence machine* (récits), 1996, 109 p.
Moutier, Maxime-Olivier. *Risible et noir* (récits), 1998 (1997), 164 p.
Moutier, Maxime-Olivier. *Marie-Hélène au mois de mars* (roman), 2001 (1998), 162 p.
Neveu, Denise. *De fleurs et de chocolats* (récits), 1993, 96 p.
Neveu, Denise. *Des erreurs monumentales* (roman), 1996, 121 p.
Nicol, Patrick. *Petits problèmes et aventures moyennes* (récits), 1993, 96 p.
Nicol, Patrick. *Les années confuses* (récits), 1996, 95 p.
Nicol, Patrick. *La blonde de Patrick Nicol* (roman), 2005, 93 p.
Noël, Denise. *La bonne adresse* suivi de *Le manuscrit du temps fou* (récits), 1995, 161 p.
O'Neil, Huguette. *Belle-Moue* (roman), 1992, 95 p.
O'Neil, Huguette. *Fascinante Nelly* (récits), 1996, 127 p.
Painchaud, Jeanne. *Le tour du sein* (récits), 1992, 95 p.
Paquette, André. *La lune ne parle pas* (récits), 1996, 159 p.
Paquette, André. *Les taches du soleil* (récits), 1997, 219 p.
Paquette, André. *Première expédition chez les sauvages* (roman), 2000, 180 p.
Paquette, André. *Parcours d'un combattant* (roman), 2002, 183 p.
Paré, Marc-André. *Chassés-croisés sur vert plancton* (récits), 1989, 92 p.
Paré, Marc-André. *Éclipses* (récits), 1990, 98 p.
Pascal, Gabrielle. *L'été qui dura six ans* (roman), 1997, 115 p.
Pascal, Gabrielle. *Le médaillon de nacre* (roman), 1999, 180 p.
Patenaude, Monique. *Made in Auroville, India* (roman), 2004, 211 p.
Pépin, Pierre-Yves. *La terre émue* (récits), 1986, 65 p.
Pépin, Pierre-Yves. *Le diable des marais* (contes), 1987, 136 p.
Perreault, Guy. *Ne me quittez pas!* (récits), 1998, 113 p.
Perreault, Guy. *Les grands brûlés* (récits), 1999, 173 p.
Poitras, Marie Hélène. *Soudain le Minotaure* (roman), 2002, 178 p.
Poitras, Marie Hélène. *La mort de Mignonne et autres histoires* (nouvelles), 2005, 171 p.
Poulin, Aline. *Dans la glace des autres* (récits), 1995, 97 p.
Quintin, Aurélien. *Barbe-Rouge au Bassin* (récits), 1988, 257 p.
Quintin, Aurélien. *Chroniques du rang IV* (roman), 1992, 193 p.
Raymond, Richard. *Morsures* (nouvelles), 1994, 169 p.
Renaud, France. *Contes de sable et de pierres* (récits), 2003, 152 p.
Renaud, Thérèse. *Subterfuges et sortilèges* (récits), 1988, 144 p.
Ricard, André. *Les baigneurs de Tadoussac* (récit), 1993, 54 p.
Ricard, André. *Une paix d'usage. Chronique du temps immobile* (récit), 2006, 211 p.

Robitaille, Geneviève. *Chez moi* (récit), 1999, 142 p.
Robitaille, Geneviève. *Mes jours sont vos heures* (récit), 2001, 116 p.
Rompré-Deschênes, Sandra. *La maison mémoire* (roman), 2007, 176 p.
Saint-Pierre, Jacques. *Séquences* ou *Trois jours en novembre* (roman), 1990, 134 p.
Schweitzer, Ludovic. *Vocations* (roman), 2003, 188 p.
Shields, Carol. *Miracles en série* (nouvelles), 2004, 232 p.
Soudeyns, Maurice. *Visuel en 20 tableaux* (proses), 2003, 88 p.
St-Onge, Daniel. *Llanganati* ou *La malédiction de l'Inca* (roman), 1995, 214 p.
St-Onge, Daniel. *Trekking* (roman), 1998, 240 p.
St-Onge, Daniel. *Le gri-gri* (roman), 2001, 197 p.
St-Onge, Daniel. *Bayou Mystère* (roman), 2007, 164 p.
Strano, Carmen. *Les jours de lumière* (roman), 2001, 246 p.
Strano, Carmen. *Le cavalier bleu* (roman), 2006, 251 p.
Tétreau, François. *Le lai de la clowne* (récit), 1994, 93 p.
Théberge, Gaston. *Béatrice, Québec 1918* (roman), 2007, 192 p.
Thibault, André. *Schoenberg* (polar), 1994, 175 p.
To, My Lan. *Cahier d'été* (récit), 2000, 94 p.
Turcotte, Élise. *La mer à boire* (récit), 1980, 24 p.
Turgeon, Paule. *Au coin de Guy et René-Lévesque* (polar), 2003, 214 p.
Vaillancourt, Claude. *L'eunuque à la voix d'or* (nouvelles), 1997, 159 p.
Vaillancourt, Claude. *Les onze fils* (roman), 2000, 619 p.
Vaillancourt, Claude. *Réversibilité* (roman), 2005, 256 p.
Vaillancourt, Marc. *Le petit chosier* (récits), 1995, 184 p.
Vaillancourt, Marc. *Un travelo nommé Daisy* (roman), 2004, 185 p.
Vaillancourt, Marc. *La cour des contes* (récits), 2006, 93 p.
Vaillancourt, Yves. *Winter et autres récits* (récits), 2000, 100 p.
Vaïs, Marc. *Pour tourner la page*, 2005, 113 p.
Valcke, Louis. *Un pèlerin à vélo* (récit), 1997, 192 p.
Vallée, Manon. *Celle qui lisait* (nouvelles), 1998, 149 p.
Varèze, Dorothée. *Chemins sans carrosses* (récits), 2000, 134 p.
Villeneuve, Marie-Paule. *Derniers quarts de travail* (nouvelles), 2004, 105 p.
Vincent, Diane. *Épidermes* (polar), 2007, 216 p.
Vollick, L.E. *Les originaux* (roman), 2005, 271 p.
Wolf, Marc-Alain. *Kippour* (roman), 2006, 266 p.

PROTÉGEONS
NOS FORÊTS

Tous les livres des Éditions Triptyque sont désormais imprimés sur du papier 100 % recyclé postconsommation (exempt de fibres issues des forêts anciennes) et traité sans chlore.

L'impression de *Vu d'ici* a permis de sauvegarder l'équivalent de 4 arbres de 15 à 20 centimètres de diamètre et de 20 mètres de haut. Ces bienfaits écologiques sont fondés sur les recherches effectuées par l'Environmental Defense Fund et d'autres membres du Paper Task Force.